U0855318

没有天堂
只有故乡

徐虹雨 著

湘潭大學出版社

版权所有 侵权必究

图书在版编目（CIP）数据

没有天堂只有故乡 / 徐虹雨著. -- 湘潭 : 湘潭大学出版社, 2023.1
ISBN 978-7-5687-0910-1

Ⅰ. ①没… Ⅱ. ①徐… Ⅲ. ①散文集—中国—当代 Ⅳ. ① I267

中国版本图书馆 CIP 数据核字 (2022) 第 200265 号

没有天堂只有故乡

MEIYOU TIANTANG ZHIYOU GUXIANG

徐虹雨 著

责任编辑：张　蔚
封面设计：悟阅文化
出版发行：湘潭大学出版社
社　　址：湖南省湘潭大学工程训练大楼
电　　话：0731-58298960 0731-58298966（传真）
邮　　编：411105
网　　址：http://press.xtu.edu.cn/
印　　刷：成都市兴雅致印务有限责任公司
经　　销：湖南省新华书店
开　　本：880 mm×1230 mm 1/32
印　　张：12.5
字　　数：295 千字
版　　次：2023 年 1 月第 1 版
印　　次：2023 年 1 月第 1 次印刷
书　　号：ISBN 978-7-5687-0910-1
定　　价：89.00 元

你我，都是耕耘着一方土地的农人，在相似的大地上，种下相似的稻子；在相似的人生答卷上，写下相似的答题。

只不过，相似的稻穗，依然会有不同的味道。就像相似的光阴之树，结着的是不同的光阴故事。

你我，相似，不同。

前　言

离家的孩子，是一根根被移栽的树。

包裹着根部的有限土壤，是树带在身边的点点乡愁。

树要更好地生长，得从乡愁中挣脱出来，将根扎进去，让自己与异乡的土壤融为一体。

离家多年的我们，已经成长为异乡的一棵棵树，在那里生发、开花、结籽。

所结的籽，落在那方土壤里。那方土壤，便成了我们孩子们的心灵原乡。

我们曾经的原乡，仿佛成了一道风景，一道精彩于记忆相册里的风景，适合偶尔过来看看，做短暂的停留，然后——归去。

归于我们已经熟悉的异乡。

归去来兮，归于何处？又来自何处？

移栽的树，离家的人，其实，没了故乡，又似乎——处处故乡。

目录
Contents

第一章 没有天堂只有故乡

一个城里人，会用一辈子的时光，住老一座城市，守老一棵树根吗？我们的光阴，留在哪里呢？谁是我们躬耕生活的镰刀？

曾以为远方便是天堂的我，似乎有些明白，其实，离家的我，没有天堂，有的依然是——故乡。

第二章

人未老便是春天

我们是等待岁月镰刀收割的行走的稻穗。也许，会有一些稻子，躲过那一镰刀的收割，被留在田里，任它就那么一直长着，叶片上缀着一些幻想，穗子里结着一些好奇，还像个孩子的样子。

第三章 别浪费了好好一块地

别浪费了自己，就像别浪费了一块本可以长出好庄稼的土地。

没有哪一块地，是长不出收成来的。除非，你已经决定不耕种，或者不去好好耕种，让这块地一直荒废下去。

第一章

没有天堂 只有故乡

一个农人，用一辈子的时光，用弯一把镰刀，用钝一把铁锹。让自己的光阴，与陪伴过他的物件的光阴重叠在一起。他老了，它们也跟着老了。他的时光去哪里了？他把时光通过劳作，留在了那把镰刀、那根铁锹的一道道豁口里。他看见它们，便知道时光了。

一个城里人，会用一辈子的时光，住老一座城市，守老一棵树根吗？我们的光阴，留在哪里呢？谁是我们躬耕生活的镰刀？

曾以为远方便是天堂的我，似乎有些明白，其实，离家的我，没有天堂，有的依然是——故乡。

无处归去

很想再回老家看看。

只是老家，已经彻底消失。

那株外公栽下的桃树，那藤父亲植下的葡萄，那树母亲喜欢的枯枝梅，还有我们摆放在阳台上一排各色的太阳花，都一一只在我记忆的照片里。

闭了眼，它们便都回来了，我也便回到了那栋小楼里。那栋已经拆去、在一排仿古建筑中找不出准确位置的小楼里。

建设，似乎就是为了涂抹过去人们生活过的一切痕迹，吹散一切气息，好腾出地方来，让新来的人居住。

在一栋栋新崛起的房子里，新来者将之存放自己的生活与记忆。他们不会去细想房子站立的那片土地其实早已不新，曾站立过多少房子，曾被多少人、多少代存放过多少记忆。

多年前，我曾经在那片土地上扬起的尘土，又已经落于何处？

新的记忆，累积着旧的记忆，旧的记忆便慢慢散了，如风吹远一阵风。

就像一条路，新的足迹叠加着旧的足迹，走着走着，旧的足迹便渐渐没了，如尘埃落入更低的尘埃里。

护城河一弯，已经完全不同了。到处都是新的。新的古色古香。新的老街重现。

我已经不属于那里了。没有一砖一瓦，与曾将整个中学时代都留在那里的我，有着半丝半缕的关系。

我守着一份回忆，将自己留在那栋房子里，写着初中时写过的那篇作文，翻看高中时翻过的那本习题，坐在外公的藤椅旁陪他听着那段戏曲老唱词。好像时光的河流已经停滞，外公还在世，而我，也不曾离家远行。

杜鹃声声呼唤：不如归去，不如归去。

在一幢幢我全然陌生的仿古新宅里，我已经无处归去。

写于 2019 年 9 月 14 日

他一次都没有回来过

每次想起外公，总是会想起外公植下的那棵桃树。

我们刚搬到那栋河边的宅子不久，外公便栽下了那棵桃树。

其实，外公栽下它后，成长的事情都靠桃树自己。自己开花，自己结果，自己用树叶的沙沙声响驱逐偷食的猫或者是鸟。但是，我总觉得，外公似乎是用了他一辈子的时光栽下它，而我，将花一辈子的时光去遗忘。

我们在那栋宅子里居住了 15 年。15 年后，父亲将宅子卖了。

我们带不走桃树。

新的物主不会关心一棵树的故事，他们所做的似乎便是将我们曾经居住过的痕迹一点点抹去——抹白墙壁，抹尽门上留

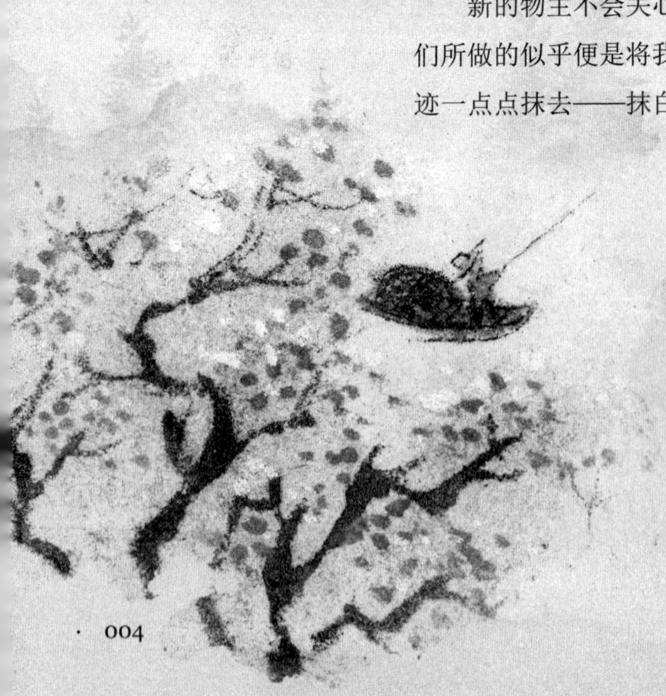

着的字迹。连同那棵桃树，都被连根拔去。

我曾透过别家的院落，往我们曾经的老宅里张望。我知道，桃树已经不存在了，但是，我还清楚地记得它曾经待过的位置。

那个位置，靠着墙角，与其他两户人家的围墙背靠着，或者肩并着。桃花开的时候，三户人家便都会落英缤纷；桃结果的时候，三个院落都会流淌甜蜜。熟透的果子，也会由着自己的性子，“簌簌”地落在谁家的院子里。

尽管桃树没有了，找到那个位置，我便会异常清晰地回忆起那些果实累累的枝条如何伸过别人家的围墙，那些粉红色的花瓣如何染红墙头。

去年，宅子拆了。彻底拆了。

曾与宅子连成一线的那些宅子，都拆了。

桃树栽种的位置，我无法准确辨出。

我把那棵桃树，在心里勾勒完整，连同周围的围墙，连同围墙外的马路，连同那扇外公曾日日走过的铁门。然后，在心里开辟出一个家园，将它移栽在那里。

这样，外公若回来时，他就能找到那棵树，就能找到家的方向。

我还将曾经陪伴外公的那条黑狗、那两只花猫都找了回来。它们认得外公，老远便能嗅得出他的气息，便会提前到路口等他。

只是，外公一次都没有回来过。

一次，我都没有在梦里见过他。

写于2019年9月21日

没有天堂，只有故乡

我把 20 年的光景，留在了这片土地。

这座城市，到目前为止，依然是我居住时间最长的城市，远远长于我儿时成长的那个地方。

却不知为何，我还是感觉飘着。如一粒尘埃，随风起起落落。

原来，在这里，我依然是没有根的人。

我已经执拗地将根埋在了澧水河畔的那个小县城。

那时，我又是多么强烈地想通过高考离开它。我把梦，把青春，留给一个远方，一个我曾并不清楚究竟在何处的远方。

是的，我终于还是离开了它。

求学。工作。

我的远方，离家有着不远不近的距离。

这是我喜欢的距离。想家，可以随时归去。想离开，也能随时出发。

我以为，选择了在哪座城市安家，根，便随着迁到了哪里。就像一棵被移栽过的树。

却在那座城市生活20年后，恍然大悟，那移栽过来的根呀，竟然以着我所不知道的力量，默默在大地深处延伸着根须。每年一点点的距离，每天一丝丝的伸展，竟然找到了老地方。如一根看不见的脉冲，它终于回到了最初，触摸到了过去的土壤。

一个农人，用一辈子的时光，用弯一把镰刀，用钝一把铁锹。让自己的光阴，与陪伴过他的物件的光阴重叠在一起。他老了，它们也跟着老了。他的时光去哪里了？他把时光通过劳作，留在了那把镰刀、那把铁锹的一道道豁口里。他看见它们，便知道时光了。

一个城里人，会用一辈子的时光，住老一座城市，守老一棵树根吗？我们的光阴，留在哪里呢？谁是我们躬耕生活的镰刀？

曾以为远方便是天堂的我，似乎有些明白，其实，离家的我，没有天堂，有的依然是——故乡。

写于2019年9月17日晨

记忆中的那朵花，在哪里盛开

那些人，都躲哪里去了？

曾经与我们共住护城河边的那些人。

也许，有的已经落入尘埃了吧。

河边曾经住过一户姓严的人家。

那时，我在报社当记者。护城河一带有趣的人与事，不少都被我写进报道。这户人家便是其中之一。

严伯家就在河边。需要在小巷里穿梭，经过几排民宅才能到达。

房与房之间隔得很近，仅留着自行车、摩托车可以通行的距离。就像那时人与人之间隔得很近一样。

他们爱养花，还十分喜欢分享培植出来的鲜花。

那时，老街巷里住着的人家，有着一种温和的气场，大伙可以端着自家的饭碗，串进东家的厨房揭开酱菜坛子夹几片腌制的萝卜条，又转进西家的厅堂尝一条刚出热锅的小鱼。

他们家的花，大多送人了。不仅赔上花，还得白送一个盛放花的钵。一盆盆鲜花，更是将邻里之间的距离拉得更近了。

靠近护城河的洗墨池住宅区一带，不少住户都养着他送的花。

母亲便曾从他们家搬来好几盆，摆放在自家的阳台。

那时的我，对一切都充满好奇，但也缺乏耐心。有太多的好素材、好线索等着我去遇见去记录。我不愿花太多时间去守候一朵花的盛开与萎落，不愿用太多笔墨去关注一条街的繁盛与凋敝。

待到岁月将我打磨成另外一个自己，花已萎落，街已凋敝。

护城河边的那些人家，都搬哪里去了？那些迎来一个又一个花季的枝丫，如今又在哪里盛开？

是否也会有人，在记忆的阳台里，留着一个位置，摆放着过去的那盆花，在多年之后，将送花的人想起？

写于 2019 年 9 月 15 日

找回

我得把曾经养过的那条黑狗、两只猫咪找回来。它们有着敏锐的嗅觉，能认得出老宅的物件。

它们还会早早在路口等我回家。

知道有它们在等，我心里便会有牵挂，便会急着要归去。

大黑狗一共与我们生活了 7 年。如果它现在还在，应该有 21 岁了。

见它四个爪子全是白色，我给它取名“踏雪”，可是这个名字远没有“小黑”那样通俗和易流传。

熟人或者生人，见到它，总是唤它“小黑”。叫着叫着，它便自己认可了这个名字。

小黑，也不知究竟是谁家的狗。它很小的时候，到我家寻食，又瘦又小又脏。

母亲给了它一些吃的。随后几天，它便天天来。再来，就不想走了。父母便收留了它。

那时，家里已经养了两只猫，一只叫白眉，一只叫黑腿，都以其特有的外貌而得名。

它们仨，给我们平淡的生活带来了不少乐子。

父亲有一张藤椅，藤椅上铺着的帆布已经破了一个小洞，猫咪们便把藤椅当成了捉迷藏的好地方。一只猫躺在藤椅的帆布上，另外一只猫在藤椅下面，透过那个小洞，用爪子交流着。

有时，猫觉得躲得很好了，小小的尾巴却又从小洞里冒出来。藤椅下面的小猫很快便找到了线索，挠几下对方的尾巴，然后“嗖”地跳到藤椅上去，将上面的那只猫驱赶下来。玩着玩着，那个小洞也就被猫抓得越大了一些。

小黑有时在一旁趴着，有一眼没一眼地瞟上几眼。有时，等猫咪们玩累了，从藤椅上下来，它也会将两只爪子搭在藤椅上，看看那个小洞，也时不时再用爪子挠上几爪。

小黑最爱的，是我的母亲。母亲走到哪里，它就跟到哪里。母亲停下来，打电话或是忙着手里的其他事情，小黑便很享受地趴在母亲的拖鞋上，待母亲起身走路时，它还会用两只爪子抱着母亲的腿。

一年春节，家里举办春晚。其中一个节目便是母亲和小黑的表演。

母亲在前面走，小黑在后面追。追到了，便用头枕着母亲的棉拖鞋。母亲还不等它靠暖和，又故意抬脚走人，它便一骨碌地起身，再追。母亲还故意走花步，走醉步，时急时缓。小黑停下来，盯着母亲的脚步，等摸清方位了，再扑上去。

我们笑得不行，小黑也跟孩子一样，人来疯，表演完后都不肯下台。等母亲坐定，它竟然衔着母亲的拖鞋又上了场。

小黑还会跟猫咪争宠。

白眉很会捉老鼠。它爱将胜利品叼回家邀功。

母亲表扬白眉，它便很娇气地“喵喵”答应。那叫声都是变了腔调，软得不行，娇得不行，腻得不行。

也不知道小黑究竟观察、偷学了多久。有一次，白眉又捉了老鼠回来。小黑竟然将母亲丢在垃圾桶里的老鼠又叼了出来，一鼻子的煤灰，邀功般地站在母亲前面。

换来的却是母亲的批评。

小黑好像有些弄不明白，偏着脑袋，满眼委屈。

忘记是哪年，白眉、黑腿集体离家出走，再没有回来。

小黑一直陪伴着我们，直到 2005 年，那栋生活了 15 年的宅子换了新主人。

它与老宅一起留了下来。

我们无法将小黑带到新宅来。那里没有私人院落，我们无法安顿野惯了的它。

当年，我们回老家。住在老宅隔壁的亲戚说，新的屋主不大关心小黑，几个月后，也不知是哪一天，小黑不见了。

小黑没有再回来。

小黑却时常回到我的梦里来。

分散 14 年后，我把它牵了回来。

我不知道它老去后的样子。我所保存的，还是 2005 年与它分开时的模样。浑身圆滚滚的，摇着尾巴尖一点雪白，正奔跑着，四只雪白的爪子，仿佛踏雪而来……

写于 2019 年 9 月 23 日

秋天的稻梗

秋天的稻田，已经收割。剩下一茬茬稻梗留在泥里。

为何不拔了它？

农人笑了。稻梗不会生长了，它会慢慢老去，化为来年的春泥。春耕时，撒下稻种。它们便是很好的肥料。

哦，化作春泥更护花。我点了点头。心里的疑问却慢慢蔓延开成十月的稻田，一茬茬的稻梗硬硬地立着，扎得生疼。

谁又是谁的稻梗？谁又是谁的春泥？

谁滋养了谁？谁收割了谁？

……

一连串的问题，如稻吐穗。

农人用自己的方式，春天播下稻种，夏季护理稻苗，秋天收割稻穗。他以劳作的方式，不错过属于稻子的季节。

稻子以自己的方式，拔节孕穗、抽穗开花、灌浆结籽。它以向上的生长，不辜负农人的汗水。

来年，新播下的稻种，会不会在泥土里找寻自己曾拥有过的那束稻梗，那盘老根？会不会在新翻耕的春泥里嗅出过去的气息，从而找到自己曾站立过的那片田埂？

就像一滴水，行走半生，终会重新遇见，或是以云的方式，或是以雨的形态，或是以浪的模样。

稻子，会不会？

离开了老根的稻子，比我想象的要豁达。在任何一片合适的土壤里，它都会生出新的根来。不纠结于是否站在曾经站立过的那片土壤，滋养它的是不是曾经的那盘老根。

每一个漂泊的人，如一茬生长在异乡土壤上的稻子。离家那年，稻梗便被留在了那片老田里。

人，却又不如一粒稻子。

写于 2019 年 10 月 9 日

随着文字去远征

（一）

有时，文字真的是自己流成小溪小河的样子。我驾一叶思绪的扁舟，随着文字去流浪。

有时，是在清晨，迎接着窗外初生的朝霞，我写下一篇文字的开头。到了晚上，我再将清晨没有写完的文字写完。就像在文字的牧场放牧，早上放出吃草的小羊羔，白天随它藏在哪里玩耍。到了晚上，我得将它牵回来。

更多的时候，是在夜里。窗前点亮的星光或者如水的月华为我送行，我随着文字去远征。

我的行囊很少，一纸、一笔、一颗自由的心。

写着写着，我会惊讶地发现，呈现出来的文字，和我先前在心里酝酿的不一样。仿佛父亲清晨便捂在温热处的那一罐自酿糯米甜酒，到了夜里来了点酒劲。

就着这股酒劲，我且大胆地将文字交与窗外的风，交与自由流淌的思绪。风会将思绪吹远，远到我的目光抵达不了的地方。

那个地方，有时是我儿时生活过 3 年的村庄，有时是我将整个童年托付的公园，有时是我栖息过短短几年的高楼，有时是我度过漫长中学时代的洗墨池畔的小院。

其实，我都已经失去了它们。我的脚步无法抵达那片原生土地，亲近曾经亲近过的一砖一瓦。唯有心，还能去那里走一走、看一看。

（二）

常德考古专家杨启乾先生的夫人发信息给我，她说，我的文字感动了她。她曾经有为老伴整理书稿、协助他出书的念头，但因为各种原因几乎想放弃。

杨启乾先生是明朝最后一位宰相——杨嗣昌先生的后人。杨氏家族在中国历史上留下不少传奇。杨嗣昌先生的父亲曾开历史上文官带兵之先河。

历代皇帝曾为了表彰杨氏的功业与精神，派人修建了几座牌坊。其中，有功业牌坊，也有忠贞牌坊。如今，这些牌坊都已经不存在，留下的是“杨家牌坊”这个地名。

杨启乾先生的夫人年近八旬，她愿意花费余下的光阴圆一个一度搁置的梦想。老人说，这个梦想的实现时间会有些长，但她会加油。

白发老者尚且追梦，我哪有不为梦想而坚持的理由呢？

亲人老赵鼓励我继续写下去，并留言“读后感觉很清新，地点虽然不同，但故事的内容相似，无法控制的怀念和思念，感触很深”。原来，故乡、乡愁，是一代又一代人内心里共同涌动着的思绪。

常德日报社的老同事吴琼敏曾写过一本报告文学集《流动的中国》，便在常德这个湘西北一隅，寻访到了全国各地飘来的异乡人，他们选择在这里筑梦。他们中，有老手工艺人，有年轻的创业者。

他们背负着家乡，在异乡的土地上驻扎。每一个地方，驻扎的时间不会很长。下一站，也许是另外一个异乡。也许是家乡。

流动的中国，不少人是有乡愁的。

也许，我们留不住那些老去了的房子，老去了的街巷，老去了的树，老去了的人。但是，我们的文字，我们的思绪，会与它们，再度相遇。

写于 2019 年 10 月 19 日

今夜无月，他为我点灯

今晚，没有月色，照不亮我晚归的路。但是，我依然想回老家走走，看看那里一座具有200多年历史的古桥——多安桥。

不用怕黑。天上有一颗星，为我点灯。

多安桥下，曾是三水——涔水、澹水和兰江的汇合处。那里水深流急，屡次架桥，屡次被激流冲毁。清嘉庆年间，人们采用活松树下桩。相传松树“干一千年，湿一万年，不干不湿只有半年”。人们希望泡在水里的松树桩能经受万年考验。桩下好后再铺石架桥。

与多安桥隔河相望，有一家工厂——县猪鬃厂。外公曾在那里工作一段时间。哥哥跟着外公住在厂里。我和姐姐随着父母住在兰江公园。

母亲引领着我们去看望外公。外公带

着我们去看桥。

外公的口袋里，不仅装着零食，还有故事。那都是为我们准备的。

那时，呈现在我眼中的多安桥并不美。桥共有 11 孔，每孔之间的石墩前还有石垛，呈三角形。只是，我数来数去，总觉得少了几孔。原来，靠近河岸的三四孔被堆放的垃圾淹没。

外公十分庄重地告诉我，别小看了这座桥，年纪比他大多了，已经 200 多岁。他还告诉我，1943 年，日寇紧逼澧县，负责守城的国民党将士为了阻止日寇，将多安桥中间三墩四孔炸毁。直到 1947 年，多安桥才被修复。

外公的一席话，让我对古桥肃然起敬。

只是，外公的故事，和他口袋里装着的板栗、荸荠一样，分量不多而且还有些干枯，解不了我太多的馋，反而给我留下太多的念想，总让我想起。

而且，外公没有讲述给更多的古桥边的人听。也许，外公曾对他们讲述过，只是他们不在意罢了，依然将垃圾倒进古桥下的河水，让古桥在一种难闻的气味中忍受着不被重视的寂寞。

记不清，儿时有多少个日落时候，我坐在古桥对岸，与它隔河相望。

古桥不说话。桥下的河水，似乎也因为常年垃圾堵塞，唱不出奔流的歌。

夕阳下，一切都那么静。

古桥和外公，都在夕阳下，静静地老去。没有多少人在意他们。

但是，一个小女孩在意。

数年后，这个小女孩成为一名新闻记者，曾花费很长一段时间，寻访家乡的古建筑。

她的笔记本里，藏着许多古老的故事。远远多于当年她的外公口袋里装有的。

她查到了多安桥三毁三建的历史，查到了抵抗日军、炸毁多安桥的是国民党第 44 军，理解了外公曾说过“多安”不安多磨难。

她走近古桥，读到了冰冷石缝里深藏着的温情故事，读到了古桥古楼古宅沉默背后无言的呐喊。她把那些故事写了下来，把无声的呐喊告诉更多的人。

是的，她把那些故事说给了很多人听。唯独，没能说给外公听。

今夜，没有月色，照不亮我晚归的路。我回到多安桥，搬一把小凳，隔河坐着，望着不远处的多安桥。

不用怕黑，天上有一颗星，那是外公变的，他在为我点灯。

写于 2019 年 10 月 30 日

有两只猫，突然闯了进来。

我认识它们，它们是我们家已经走失了20多年的猫。一只叫白眉，一只叫黑腿。

我们居住的小楼后面，有一个院落，院落里栽种着桃树、葡萄、枯枝梅。那里，成了猫咪的天下。

它们追赶、打闹、晒太阳、睡懒觉。

到了桃子成熟的季节，它们喜欢爬在桃树上。

父亲担心果实会被它们弄坏，拿着扫帚驱赶它们。

两个小家伙从树干蹿到结实的高枝上，不肯下来，朝父亲喵喵地叫着，像辩解，又像示威。

母亲笑着说：“猫咪们能吃几个桃子呢？算了。”父亲这才收了扫帚。

一天，我搬一把凳子，静静地坐在院子里，手里捧着一本书，眼睛却偷偷瞟向桃树。

桃树上，白眉静静地待着，以稠密的树叶枝条以及累累的果实作为伪装。黑腿则大摇大摆地蹲在树下，懒洋洋地眯缝着眼。

几只鸟雀停歇在2楼的晒台。距离晒台1米左右的距离，便是满枝丫的桃子。

鸟雀们嘀咕了几句，仿佛是在部署进攻计划。一只腾空而起，在桃树枝上飞几个轮回，仿佛是在进行空中巡逻。

一切很静。微风吹过，被果实压弯腰杆的枝丫也难得晃悠一下身子。

几只鸟雀终于出动了。扑腾扑腾，轻轻落在枝丫上。几只放哨，小小的脑袋像雷达一样快速地转来转去；还有几只则靠近果实，用尖尖的喙快速地啄食果实。

藏在树叶间的白眉突然跃起，吓得鸟雀弃果而逃。

扑簌扑簌，几枚熟透的果实也被惊起，落在地上。

果实滚落在黑腿的身旁，它喵喵地叫着，抬头望树，嗖嗖几下，便攀上了桃枝。

它与白眉耳语了几句，两只猫便擦身而过。换成了白眉在树下，黑腿在树上。

原来，它们俩是在站岗放哨，替我们守护满枝的丰收。

是啊，多年里，它们不仅给我们带来了无限乐趣，还替我们默默守护着桃树，守护着家。

可是，我却没能守护好它们。连同那棵桃树，连同那个家，无意间，我将它们都弄丢了。

写于2019年11月21日

我把童年弄丢了

从兰江公园搬到棚场街居委会，我把整个童年都弄丢了。

那时，进入兰江公园需要购买门票，并不是每个人都能随意进入，而我每天能多次地离开，又多次地归去。放学后，早早将家庭作业写完，便可以进入公园的任意角落去探宝。

我曾把童年藏在公园里每一个有趣的地方。

有时，是在一段河坡里。那里生长着一窝洋姜，也不知是谁栽种的。一个很偶然的机会，拿着铲子挖宝的我们，无意间挖到了它们。于是，每到洋姜成熟的时节，几个孩子便会约着一起分享天赐的甜蜜。

有时，是在一树蝉鸣里。蝉，一叫就是整个夏季。我们会悄悄记住蝉唱的那些树，用小石子做上标记。等到蝉不叫了，我们就能通过那些小标记找到那些树，就能在树下，或者就在蝉曾经站立过的那根枝丫上，找到薄薄的、金黄透明的蝉蜕。

有时，是在一架秋千上。两根铁链、一块木板架起的秋千，简简单单，却曾是我飞翔的天堂。年少无畏的我越荡越高，仿佛可以荡到云里去。荡累了，便坐在秋千板上，仰面看一根根的枝丫在我的眼前荡来荡去，任一头长发飘远飞近。

有时，是在一方戏台上。荆河戏、花鼓戏、汉剧……不同戏班带着不同剧种来此演出，一待就是好个月。与戏班混熟后，我便时常跑到后台，看他们如何调眉、包头、上齐眉穗、戴头套。有时，还能将花旦、青衣的水袖披挂在身，搅动满怀的欣喜。

我把童年的欢乐，藏在公园的无数个小角落里。我的心里绘制着一张藏宝图。总以为，只要这张藏宝图还在，我就能随时将童年找回。

多年后，我曾多次返回公园。可是，我日渐找不到我的童年了。

在时光的坐标里，我找不到那些成长的参照物了。

河坡已经硬化、扩宽，与河滩连成一片。

蝉鸣唱的树被伐了。

秋千倒了。

戏台拆了。

那些陪我一起长大的它们，都藏哪里了？

没有了它们，我该如何与长大后的我诉说童年欢乐？

我的童年，就像一只风筝。我曾那么自信地将牵着风筝的线系在偷偷结果的河坡上，系在蝉唱的那树绿枝上，系在那架秋千上，系在那方戏台上。如今，它们却都不在了。

我童年的风筝啊，成了无法回家的孩子，将在无尽的记忆天空里飘着。

其实，只需要曾经见证过它的一件旧物，只需要任何的一件啊，就能将它拉回。

写于2019年9月16日

时光，不是沙漏

我不喜欢搬家，因为每一次搬迁，都会不加珍惜地丢掉许多旧物，以及裹在旧物里的岁月。

我曾经度过了那么多的日子，这些日子都留在哪里呢？

曾经一根冰棒签，就让我花去了一整个下午。将它涂抹成不同的颜色，插在松软的泥土里，我要制造出一片彩色森林。那时，我的时间足够多，可以允许我任性地浪费。

曾经一枚桃果仁，就让我托付了无数个傍晚。一群小孩聚集在一起，撒一把果仁在地，玩“抓子”的游戏。那时，似乎果仁比时光更珍贵，容不得我随意输掉。

曾经漫天的星斗啊，就让我一夜接着一夜不知疲惫地仰望。想到底哪颗星真的走了几千几万光年才与我相见，想到底我又是经历了几个轮回才如一颗小小的星落于繁星点点的人间，想哪颗星斗上也真的有一双如星星的眼睛在仰望我就像我仰望他一样，想我们的目光突然在空中某处相遇会不会因为速度太快便划出一道闪电。那时，我距离长大的时间还很长，年龄允许我可以不着边际地幻想。

那时，日子似乎很长。

一整个白天，可以做很多很多事。一整个夜晚，可以去很多很多地方。

那时，我们居住的地方不大，但是似乎可以装得下整个时光。

冰棒签，桃果仁，漫天的星斗，还有做过的作业本，考过的试卷，老师留在作文里的评语，同学写在留言本里的祝愿……那么多，我都一一保存着。

我像一个收藏家，收藏着自己的成长痕迹，收藏着从指缝里逃逸而出的时光。

我以为，我会一直拥有它们，就像拥有每一个普通的清晨。那么寻常，便不必一直放在心上。

一次次搬迁，成了一次次与过去的告别。

旧的物件，会与新的家园格格不入，丢掉吧。

背负太多“过去”，无数个“现在”如何安顿，卸载吧。

瞧，它们都泛黄发霉了，别还傻傻存着。

……

总会有无数个理由，让我一件件将它们抛弃。

它们，作为废品，被拖进了收购站。那里的工作人员，只称得出纸张的轻与重，怎会称得出一个孩子成长的分量？

那套《罗曼·罗兰语录》，是我卖掉小学期间几乎所有的旧课本才换回来的。如今，它们也成了不再保存的“旧课本”。

是呀，我把它们一件件抛弃了，头也不回去奔赴新的地点，迎接新的时光。

待回头时，我几乎已经把人生的一半时光用完了。

它们不是我手中的沙漏。从小孔中一点点漏掉的，换一个方向，漏掉的又还能再回来。

可是，它们不是。

我已经彻底失去了它们。

写于2019年9月18日

我与我遇见

曾做过这样的梦，真不愿意醒来。因为一醒，便是几十年的光阴不再。

梦里，我回到从前，遇见了自己。

过去的我，与现在的我，一个坐在窗内，一个站在窗外。我们之间，只是隔着一层透明的玻璃。

那是一间母校的教室。教室里坐满了人。有时周围是不同的人，有时也是不同的自己。

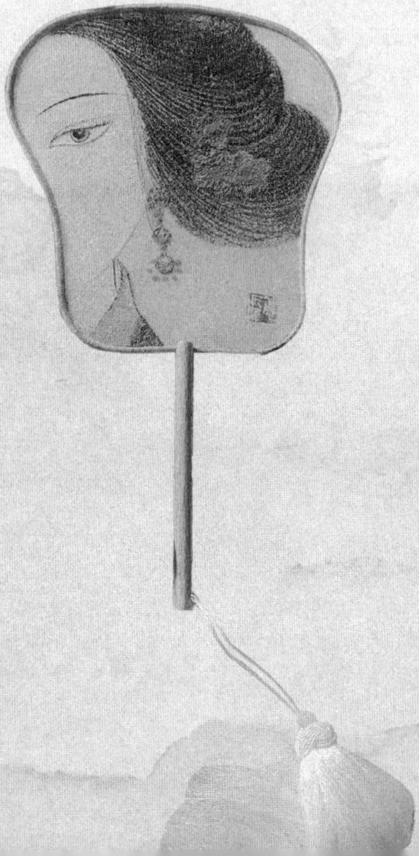

不同的自己，有时穿着不同颜色的衣衫。

那一件，是母亲亲手编织的条纹毛衣。一条黄色，一条绿色，像极了春天大地的色块。

那一件，是姐姐穿小留下的衬衫。白色的娃娃领，撑着一张圆圆的娃娃脸。

她们出现的时间，只能是随了梦的安排。我无法按照时间顺序，去与不同时间段出现的自己相遇。

窗外的我，只是静静地观看着。就像一个母亲，心爱地观察着自己孩子的一举一动。

看，她笑了。

看，她在举手回答问题。

看，她回头了，似乎也在看我……

不知为何，在梦里，我竟然都没有勇气推门进去。难道，那时，窗外的我，便知道这只是一个梦？推开门，便是推开梦的门，梦便醒了？

我只是久久地等待，等待。

等她下课，等她出来，等她和我遇见。

等来的，却总是——梦的醒来。

写于 2019 年 9 月 19 日

失去了根

没有刻意地坐在书桌前，如同挤一只用完的牙膏一样，艰难地挤出残存的一点点文字。

只是在心里涌动着情感，文字自己一个劲儿地要蹦出来时，我才赶紧坐在书桌前，或者没有书桌，便倚靠一棵树，拿出纸笔，接住它们。

有时，噼噼啪啪，文字如豆倾泻有声。

有时，淅淅沥沥，文字如雨缠绵不尽。

是的，这些文字，其实是它自己留下的。我只是将它们记下来而已。

这段时间，时常会想起故乡的那些表情，那些故事。并不是因为秋至，愁绪便如落叶飞扬。只是因为，故乡曾经在我心里积蓄了太多的能量，或者说是被沉默压抑了太久，它们需要一个出口。

我曾一直以为，在这里工作了那么久，这里已经是故乡。再说，这里的生活习惯以及语言，都和我出生与生长的老家，并没有太大的不同。两地相距的车程也只是一个小时而已。本来就没有离家远行，我如何谈故乡？我便以为，我是没有乡愁的人。

我的乡愁到底起于何时呢？应该是人到中年得知老宅拆迁吧。

老宅不拆，它们在那里，我便以为还可以随时归去。就算那里面住着的已经是陌生人，就算房子经过一次次的装修会变得面目全非，但是只要老宅的根还在那里，我就会认得归去的路。

老宅拆了，一下子连根都没有了。关于故乡的所有记忆，如何安放呢。它们噼里啪啦，零零碎碎，散落一地，砸在心里，疼。

我得赶紧给它们找个新地方。

永远属于我、不会拆除的，便是心灵里的小小文字百花园了。

于是，我将花费一定的时间，一一将它们搬进新家。

写于 2019 年 9 月 23 日

青涩如枚酸桑葚

时间，真是神奇。有时，它会如浪冲刷我们记忆的沙滩，把一切痕迹抹去。有时，它又如一粒酵母，会把一些在当时看似平常、我不曾留意的小事，酝酿成酒，芬芳整条记忆的巷子。

今天清早，收到一条多年不曾联系的老朋友的微信：“还记得我吗？刚刚看了你的那篇回忆录，我们以前的一幕幕往事都出现在我眼前，突然好想好想聚一聚。每次在你家，叔叔、阿姨对我们的好突然历历在目了，有空的时候一定来看看他们老人家。如果回澧县了方便一定要告诉我啊，突然好想你。”

我的眼圈不由有些潮润。

原来，那些文字，唤醒的不仅仅是我一个人的记忆，还是生命中某个时间段与我的人生轨迹有过交叉的一些人的集体记忆。

她突然好想我，其实，好想的，除了人，还有那段岁月。

那时的我们啊，就如同我们曾日日走过的那片桑园挂着的青桑葚，还未熟透，保存着青涩与藏不住的芬芳。那时，我们拥有的岁月，亦是如此。

当年一起上学、一起回家、一起在一张饭桌上写作业的两个小女孩，如今，都已经有了自己的孩子。我们之间，竟然已经隔着 20 多年的光阴。

一段短短的回忆文字，突然便将我和她又拉回到了 20 多年前，让她突然想起我，让我也一幕幕地回忆起她。

她曾居住在舅舅家。家里有几间房子是留给菌子居住的。木架上，一柄柄菌伞积蓄着生长的力量，一点点地抵破包裹着的塑料膜，然后撑开。这就是生命成长的过程吧，总会有抵挡，总会有阻力，但也总会靠自我的力量撑破一切藩篱。

这也像极了她的成长。过早失去父爱，很多时候，她需要积蓄力量，不仅为自己的成长，还要成为母亲的支撑。

我想起了很多与她有关的细节。想起我们曾一遍遍来回地踏过那条小巷，你送我一程，我又送你一段，两人送得难舍难分；想起她曾靠在墙边，伤感地告诉我喜欢她的那个男孩当兵去了；想起我们曾对月起誓，要做永远要好的朋友……

岁月隔开了我们。

但是，我们依然会记住彼此。

就算我们在各自的生活轨道上行走了很远很远，但是，一段短短的文字，却又无声地将我们都唤了回来。

回到 20 多年前。我们站在彼此面前，还是当年那个小女孩的样子。

是什么，让我们可以这样相见？

我想，这也许就是文学的魅力吧，温软而有力量。

岁月可以变老，但是文字里的我们，还是可以青涩亦如当年我们采摘过的青桑葚。

写于 2019 年 9 月 25 日

桑葚酝一杯时光的酒

遂想起那片桑园。

我们居住的地方，曾有一个十分文气的名字——洗墨池。洗墨池一带，有一大片桑园。省蚕科所便曾在桑园附近。

读小学时，午休时间长，孩子是不愿意将那么长的时间都花费在睡眠中的。吃过午饭，早早约着小伙伴们，来到桑园采摘桑葚。

桑园是开放式的，没有人去计较那串串桑葚果的损失。他们在意的是桑叶。那是蚕宝宝的粮食。桑葚，便成了我们的零食。

那时，父母知道后，不允许我去采摘。担心那里有蛇。回到家后，母亲会让我伸出手。采摘桑葚果后，红红的果汁会一直留在手缝里、指甲上，怎么洗都洗不掉，非要等几天才会散去。

那些果汁，留在手上的颜色，像极了

蓝色墨水留下的痕迹。我便急中生智说："那是写字留下的。"母亲也没有去追究。

中学时，我们从兰江公园搬到了洗墨池。我的天啊，那一大片桑园，仿佛都是我的了！

去学校，如果不想骑自行车，便可走一条小路。一条宽两米左右的泥路笔直地从桑园里穿过。沿着这条路一直走下去，便会见到架在一弯小水沟上的石板桥。过桥，穿过几排民宅，便上了公路。学校就在公路旁。

不下雨的时候，我便步行。上学、放学，都会走过桑园。

桑园，应该是有较大年纪了，那些桑树都高高大大的。人走过，便被淹没了，探不出头来。远远的，看见扛起的、高过头顶的锄头，或者听见歌声、咳嗽声，才知道有人来。

初中、高中，我一年年地行走在那片桑园。考试的烦恼、成长的压力、青春期的不安，这些情绪，我都曾背负着，走过桑园。

小路旁的那两排离我最近的桑树，一定曾看见过一个女孩躲在桑园里哭或者笑。因为，我曾将这些情绪全部释放在这里。

这些情绪，我是不敢带回家的。担心父母难过。走过桑园，便需要找个秘密的地方，将它们卸下，然后藏起来。

有时，一边藏，一边就遗忘了。

拍拍手上的泥，抖抖腿上的灰，一阵轻松地上学，或者回家。

桑树，年年在枯瘦的枝干上绽出星星点点的碧绿，随着春一天天地浓郁起来，这星星点点的绿，也会连成一片，日渐浓郁、丰盈起来。

等到初夏时节，碧绿中便有新的颜色了。那是一串串由青绿转紫红再转为乌红的果实。果实，掩藏在大片大片的桑叶间。

我中学时代的日子啊，仿佛也如绽放在桑树枝丫间的那串串桑葚，掩藏在无数岁月的叶片里。

人到中年的我，再经过那片桑园。那些桑葚早已经熟透，还带着岁月的劲道，挂在枝头。采摘下来，正好酝酿成一杯时光的酒。

写于 2019 年 9 月 26 日

现在，夜已经很深了。

我还想去桑园看看。

其实，我已经知道，那片桑园所剩无几。那里修了一条宽敞的大路，砌了一幢幢新宅。我记忆的相册里，却还是它以前的模样。

那本老相册里，一定有不少我和姐姐的合影。因为，在桑园的那条路上，陪我同行时间最长的人，便是姐姐。她陪着我走了两年，直到她走进大学校园。

姐姐是学霸，单科总分 150 分，她能拿到 140 多分。而我的成绩……不说了，这是我的弱项，特别是理科。在那条路上，她一定曾告诉我许多学习方法，一定还曾如老师那样考我背诵课文。但是留在我记忆中最深的，却还是姐姐手中的那把枯豌豆。

姐姐爱吃零食，口袋里面时常装着一

把枯豌豆。在那条路上，她总是嚼得那么香。我拿一颗放嘴里，枯枯的，嚼得牙疼。有些枯豌豆，外边看不出被虫蛀过，吃在嘴里嚼，才知涩涩的苦苦的。那时，我们不富足的生活，就像姐姐手中的一把枯豌豆，没有太多的味道，还磕得牙疼，但是还得使着劲儿咀嚼着，再吞进去。

我们那时的生活，被虫蛀过一般，但还得尽量保持着外在的光鲜，不轻易让外人看出来。

姐姐读高中时，哥哥正在读大学。那段时间，父亲创业失败，母亲的单位面临破产。家，正处于艰难期。

姐姐陪我走了那么长的路，似乎只是为了告诉我：生活有时也许就是手中的一把枯豌豆，嚼着嚼着，也许就嚼出点味道来了。

写于 2019 年 9 月 27 日

疗伤

桑园一隅，靠近民宅一片，有几陇菜园。

有时，母亲散步，看着菜园里郁郁葱葱，很是羡慕。“要是我们家有这么一块就好了。”她总是忍不住这样说。

家里有一个小院落。沿围墙边，父亲用砖头砌出一线空地，留作母亲的自留地。

母亲种上了一些大蒜粒。

大蒜似乎一年四季都会给我们惊喜。埋下蒜瓣，没过几天便开始发芽。一周左右便出苗。苗一个劲地往上蹿，足足可以蹿到三十多厘米高。

煮面条、熬鱼汤、炒肉丝，母亲便会到“小菜园”里扯上几根大蒜，新鲜下锅。青绿的蒜叶在沸腾的热锅里散发出浓郁的香气来。

到了季节交替时期，母亲还会腌制一

碗大蒜叶。生吃大蒜叶，可以杀菌抗病。

母亲嫌院子单调了点，父亲便买来橘子树植下。

只是橘子树太爱招惹虫子。父亲坚持不用药灭杀。我们便用两根小棍子将叶片上青色的小虫子一条条活捉出来。可是，虫子繁殖太快。终于，我们没有耐心去捉它们了。还未到挂果时节，橘子树的叶片几乎被吃干净。

不久，橘子树被挖走了。

母亲便在橘子树生长过的地方，种上鱼腥草和刀口药。

到了夏天，采摘一大把鱼腥草叶，熬上一大锅，放点冰糖，便是消暑的佳品。牙疼、喉咙上火、咽喉发炎，连着喝上几天，症状就慢慢消除了。

刀口药，亦是神奇的叶片。我们不小心弄伤了，哪里出了血，只要伤口不大，将刀口药捣碎，抹在伤口，不久便止血。不过几天，伤口就愈合了。

母亲的小小菜园，就像一个神奇的应急小药箱。哪里不舒服了，母亲总会在那里找到合适的叶片或者草根。

我记忆中有限的一点点中医学知识，应该就是在那个时候随母亲种下的种粒、青苗一并生根发芽的。与之一并悄悄萌芽的，似乎还有我的坚强。小菜园的存在，使得我从儿时起便不惧怕受伤、流血、疼痛。

爱，也许就是这样吧，不是阻止你去受到伤害，而是在你受到伤害后，有方法给你疗伤。

写于 2019 年 9 月 28 日

别把家弄丢了

每到放长假，我便十分羡慕那些拎着大包小包回老家的人。

多好啊，吸吸老家的空气，会会老家的旧人。返程时，行囊里装上老家栽种出来的新鲜果蔬，和一些培植在老家田埂里的陈年旧事。那味儿啊，该就是酒的味道吧，绵长而隽永。

只是，我已经失去老家 10 多年。

也曾回老家去看。只是，脚下没有了一块属于自己的砖，走在上面，总觉得不踏实。

老家的不少亲戚，也一家家地搬到了别的城市。如一朵朵蒲公英，被一阵接一阵的风吹远。

有的是随孩子搬迁，有的是随工作调离。

到了春节等长假，他们又会被一阵风吹回来。是啊，他们还有老家。外地的房子，只是栖息了他们的身躯。

前几年，我跟随母亲回到她的老家。

母亲孩提时代的许多事情，只有在老家的土壤里，才会被唤醒。

沿着田埂走着，母亲的记忆苏醒——

这里曾经是一条小河沟呢，那年，我和明秀用竹篓网过不少鱼。

这片稻田里，以前多的是青蛙。到了晚上，打着电筒，光一射，那些青蛙就趴着不动。现在，青蛙可不能随意捕捉了呢。

老家门前，是一个水塘。那时我们大人要出工，小孩在家。你们太小，我们不放心啊。就将你们兄妹几个用绳子拴在一张方桌下。那张方桌可大可沉了，你们根本弄不动它。等我们回来，桌子却在外面。

你姐淘气啊，跟男孩一样，有一年捉迷藏，竟然藏到一只木箱里。木箱关闭，不知怎的，箱子门关闭，搭扣锁合上了。你姐出不来，她竟然在里面睡着了。我们不知道，急得到处找。到了晚上，收这只木箱，才发现她。

瞧，这里，该就是我们曾经晒木箱的坪了……

母亲很兴奋地回忆着。

母亲的脚步随着田埂朝前行进，我们的心却朝着时光流逝的反方向，往后探寻。

尽管，有些故事，曾在常德的家里听母亲提及，但是，常德，不是这些故事的原产地。只有到了故事的原生地点，那些细节与场景，才会真正鲜活。

遇见几位老人，母亲更是激动地握着她们的手，站在田埂边，一讲便是老半天。她们叫唤着母亲的乳名，这曾是母亲的父母、长辈们叫唤过的老名字啊。那些长辈们，大多被一阵风吹到更远更远，而且永不能再回来的地方。

田埂边站着的这些老人，脸上皱纹交错，如纵横交错的田埂。每一道褶里，都生长着不少岁月的旧事。

她们记得不少事情，一点一点，零零碎碎的讲述，便将过去的一些场景拼凑成一幅幅画面，呈现在母亲眼前。

母亲哭。母亲笑。母亲回归到了孩提时代。

老家，存在的意义，大概最重要的一点，就是如此吧，它能让我们回得去，能见得到过去的自己。

人的脚步，总是朝前，更远地离家。仿佛离得越远，才叫越成功。

人的心，却时常会向后，更近地触摸原乡。似乎隔得越近，才越懂自己。

还有老家的人，别丢掉它。

写于 2019 年 10 月 2 日

窗

坐在窗前。秋风吹起，舞动窗帘。

窗外，无数扇窗子睁大眼睛。

哪扇窗，曾经是老家的那扇窗呢？

窗内，一张小床，一张藤椅，住着我的外公。

窗外，是伯伯家的小院，住着一个同样头发花白的老人——外公的亲妹妹。

父亲买下那栋3间2层楼的小宅后，卖了一间给津市的伯伯。

伯伯家依着老墙壁，砌高了房子。这样，两家便共用一堵墙，各自有单独的小院。

外公栽下的桃树，站在我们家的院落里。长着长着，枝繁叶茂，如张开的臂弯，将我们家和伯伯家抱在一起。

外公的亲妹妹——周奶奶，随着伯伯家一并搬了过来。

70多岁的兄妹俩，同住在一个大院

子里。

外公住的房子，窗子朝着伯伯家的院子开。那扇窗，便是他们兄妹俩时常聊天的地方。

有时，是周奶奶拄着拐杖，在他们家的院落里，轻轻敲开外公的小窗，递进来一个橘子或一块蛋糕。

有时，是外公坐在窗边的藤椅上，朝窗外唤几声。周奶奶拄着拐杖过来，外公送出几块饼干或一根香蕉。

我担心他们腿脚都不方便，便主动担任送货员，只是，他们还是更愿意这样哥哥妹妹地呼唤彼此，然后，靠着小窗说上一阵子话。

我读大学后，每到寒暑假放学回家，便会带几盒戏曲磁带回来。那是在学校里，用空白磁带翻录的。

外公爱听戏。只是那些年，戏班子大多散了，难得有戏班走南闯北送戏。四处打听，得知乡下一些茶馆里，还有打鼓说书唱曲的，只是外公腿脚不便，也未能成行。

我便只能带回磁带，让外公解解馋。

每到这个时候，外公便会邀请周奶奶一起听。

有时，周奶奶拄着拐杖，会来到外公的房间，两人坐着，像两个孩子一样认真地听。

更多的时候，是录音机放在窗台上，咿咿呀呀好一阵子。他们兄妹俩，一个坐窗外，一个坐窗内，沐浴着煦暖的阳光，嗅着小院盛开的茶花或桃花的清香，就那么迷上好一阵子。

一盒磁带听完了，他们便各自散了。约着改天再听一遍，或者再听另外的一盒。

我真愿那盒磁带啊，就这样一直播放着。曲子不断，外公他们兄妹俩就这样一直聆听着。窗外的阳光，桃树下的时光，都将会如那唱不尽的曲子，就那样缓缓地，缓缓地，不断地流呀流，没有尽头。

那样，曲不终，人便不散。只是，这世间哪有播不完的曲子。

外公与周奶奶都已经去世10多年了。

那扇窗，已经永远关上了。那扇窗，却一直对着我的心门敞开着。

写于2019年10月7日

记忆村庄

在我生长过的村庄，又生出许多新的村庄来。如同在一株老根上生长出来的新叶片。

那是别人生活与建设的村庄。房子不再是我居住过的那间房子，堰塘不再是我玩耍过的那湾堰塘。一直保存着的，不过是村庄的老名字。

其实，在这个村子里，我真正扎根住下来，只有我 3 岁前的那些光景。

我能记住的村庄样子，到底是我念书后寒暑假归去做客的村庄，还是由父母讲述还原为一幅幅画面的我曾出生的村庄？

不管多年时间里，现实中的村庄改变了多少，我固执地记住的，是刻在我骨子里的画面。如同基因，不会轻易改变。

老屋门口有一方堰塘。洗衣、洗菜、喝水，用的都是堰塘的水。那时，水的自洁功能很强，有时借助天上的雨水冲淡堰塘的污垢；有时通过水草来吐故纳新。

关于堰塘最难忘的画面，还是爷爷在堰塘边的小路转弯口，曾经送给我一支玉米造型的钢笔。

那时，爷爷肯定不会想到，站在他眼前扎着羊角辫、瘦瘦的一个小不点，今后会真的靠一支笔养活自己。

爷爷未曾读过我写的文章。还在我读小学三年级时，爷爷就去世了。

走过堰塘，沿着堰塘前的那条小路，转过爷爷送我钢笔时站立的那个弯口，上一个长长的土坡，我们送爷爷上路。

一座“花果山”，立在村庄偏僻的一块山岗上。

一条长长的坡路，连接着“花果山”与村庄。如同脐带，一边系着今生，一边牵着往生。

住在村庄里的“今生”，他们的生命，原就是“花果山”里的那些“往生”所给予的。

“往生”腾出了时间与地点，留给今生的人。

爷爷留在了“花果山”。他守着那个村庄。

他和许多人都留在了那里。从出生到结束，都没有离开那个村庄。

堰塘外，是更远处的堰塘。田埂外，是更远处的田埂。

我走过堰塘，走过田埂，走过河湾，走向远方。

我把生养我的村庄，留给了记忆。

写于 2019 年 10 月 15 日

泡桐花开

坐在桌前，望着窗外。

目光所至，是高楼。高楼外，依然是高楼。层层叠叠的高楼，如层峦叠嶂的山，将我远眺的目光，一次次打了回来。

不由怀念30年前曾小憩过的那栋5层高的老楼。

那栋老楼，曾是澧县棚场街一栋最高层的房屋。

我们便住在最高楼的最高层。

楼下，是杂乱的菜市场。上学、放学，我都需要穿过卖鱼的店铺、走过卖菜的地摊。满耳是嘈杂的声音，一身灌满了鱼的腥味。

我喜欢待在楼上。嘈杂的声音，熏人的味儿，都是有重量的，它们会往下沉，飘不上5楼来。

5楼的房子里，有一面朝南的窗子。窗子外，是一个可以摆放花钵、但没有设置围栏的小小阳台。

儿时，我十分喜欢坐在那扇窗前。放眼望去，便能看见一树高大的泡桐。

那株树，离我家的阳台，还有百来米远，或者更远的距离。我的目光需要越过好几排房子的屋顶。

我是看着那树泡桐一年年长高的。蹿到已经从稍高一点的屋顶冒出头来了。蹿到差不多和我们家的阳台一样高了吧。

那时，我还不知道它的名字。

曾问过许多人，他们也说不清芳名。

我还曾寻着它的花踪，找到它的地址。没有人能告诉我它由谁种植，哪年栽下。

大人们觉得一棵树就这样一直长在那里，没啥奇怪的。他们倒是奇怪一个小女孩怎么去关心一些无关紧要的事，为何不在家多写点作业。

我的思绪，时常从翻开的作业本上飞出。

我曾惊讶，一株人们连名字都说不出的花树，怎么这样美。

到了春天，站在阳台上，一眼望过去，整片天，似乎都是它的世界了。

一树一树的花开，满枝满枝的粉紫。

风吹过，一些屋顶，会落得一层粉紫。

整整一个多月，大朵大朵的花，如喇叭，吹响春天无声的歌。

也许，真的很少有人去聆听。

隔着一排排屋顶，隔着空中横着的、竖着的电线网，远远的，我却听见了它的吟唱。

一年年的春天，它都那样唱着。百米外，我一直听着。一年年。直到我们搬家。离开那树泡桐。

到了春天，它一定还会继续发它的芽，开它的花。

它不会在意一个百米远的阳台，少了一双小女孩凝望的眼睛。就像它不会在意人们是不是会知道它的名字、记住它的年纪。

小女孩在新的环境，遇见了新的风景。渐渐的，她也淡忘了它的存在。

30 年后，我在常德的葫芦口巷，寻访一处窨子屋旧址。

从繁华的人民路转进小巷，沿着布满青苔的老墙，往更深处探寻。

在那片窨子屋拆除过后的废墟里，我竟然找到了那株泡桐！

一树的繁花，满枝的粉白，热闹而又寂寞地开在一片废墟里。

是它来寻我？还是我顺着那首儿时听过的无声之歌，无意间找到了它？

隔着 30 年的烟云，我的目光，仿佛又跳过了那一排排屋顶，一根根的电线，望见了那棵繁花盛开的泡桐。

原来，这些年，它一直还站在那里，不曾凋零……

写于 2019 年 10 月 20 日

路标

（一）

很多时候，树，是我们回家的路标。

父亲一直记得一棵高大的枣树。枣树有了些年纪，结的枣有半个鸡蛋那么大。

枣树离家不远。在空旷的乡间，父亲放眼望见了树，便知道家在哪里了。

那时，父亲读小学。需要过一条小溪沟、穿一片葬有先人的土里岗，走近两个小时才到学校。

放学回家，父亲朝着那棵枣柳树的方向走去。枣树变得越来越大，家就越来越近了。

乡村的夜，来得很早。太阳落山不

久，夜便将黑色的天幕挂了起来。

放学路上，走着走着，天便黑了。

有一次，父亲归家更迟。夜幕中，他穿过土里岗，抬头，那棵枣树望不见了。父亲找不到路标，心里发慌，一边高一脚低一脚地走，一边呜呜咽咽地哭。

隐隐约约，他听见有人在唤他的乳名。一声声，在空旷的乡村里飘出，被风吹来，吹进父亲的耳里。

那是母亲在唤自己的孩子！

父亲止住泪水，拉长声音，答应着。风便转身去，将声音传回去。

一声呼唤，一声回应。

就这样，父亲寻着声音，来到了枣树下。

他的母亲，正在树下唤他，等他。

（二）

哪棵树，是我的路标呢？

不同的它，曾长在不同时期的不同土壤里。

它们，都曾在某个夜里唤我回去。

我便归去，与等在那棵树下、不同年纪的自己重逢。

一株居于红砖围墙边的桃树，是我重返洗墨池住宅区的路标。那个小院，是我在老家生活时间最长的小院。回忆过去，那个小院，是绕不过去的归地。

洗墨池住宅区，还有一个名字，叫护城居委会，因一弯护城河而得名。我更愿意记住“洗墨池”，因为名字里有范仲淹洗笔余下的那股墨韵。

桃树便根植于那股墨韵里，在记忆的土壤枝繁叶茂。

桃花开了，桃子红了，一年年过去了。

一场接着一场的桃花雨，总会在我离家后一个个春天里，下个不停。落在地上，落在心里。

即便在几年前，我便已经知道，其实，桃树已经被不懂它的新屋主砍倒。这并不影响我，在未来的许多日子里，一次次地寻着它的花、它的果——回家。

一株每到春天便顶满一树繁花的泡桐，是我回归棚场街居委会的路标。一株在戏园子前结着黄果的枇杷树，是我重返兰江公园那栋小楼的路标。一株开着大朵洁白花束、挂着写我名字标牌的白玉兰，是我折回柳岸人家的路标……

我把一段段不同时期的记忆，交给了一棵棵树。

树，将根深深扎进土壤，开花，结果。

那是我的记忆之树。即使树倒了，它的根，已经深深扎进心灵的土壤，年年生长。

一朵朵花，一枚枚果，引我归去。

写于 2019 年 10 月 24 日

老根

一大片房子拆了，还留着一堵老墙没有推倒。

老墙墙根处，有一条狭长的空地。不知是谁撒了一些菜种，没有来收割。

那些菜被遗忘在少有人来的角落。自己发芽，自己长叶，自己变老。

阳光没有遗忘它们。

晴朗的日子里，阳光无遮无挡，从早到晚晒着老墙根。

老墙根将那有限的几方土，紧紧捂在怀里，捂得热热的。土，是棉被。它热了，菜的根就不怕凉了，就愿意留在那里睡上长长的一觉。就像大冬天里，睡着的人，将冰冷的脚伸进温暖的被窝，就不想再出来了。

一只麻灰色的猫，突然沿着墙根走来，与无意间闯入的我碰上了面。我们都吓了一跳。但是，立马都镇定下来。

它无声无息地停住。就像它无声无息地突然出现。

我装作没有发现它，继续看那片被人遗忘了的菜园。脚步不乱，轻轻从它旁走过。

走出一段距离，我才回头再去看它。

那只猫，竟然还在原地！只是，它将身子侧了过来。歪着头，一双眼睛，朝向我的方向。

它是不是，在等谁来？等一个如我一样的“人”的到来？

老房子拆了，曾在这里居住的人们，带着行李奔赴新的家园。一堵老墙根、一片老菜畦、一只老猫留了下来。

原来，一处地方生活久了，便总有一些拔不出的老根，还留在原地。

写于2019年11月1日

回母校

我得等一个月明之夜，踏着满庭满巷的月色，找到回母校的路。

因为那条路，变化太快了，月色不明，我怕在任何一个岔路口都会走错。

这些年，我的母校——澧县二中已经改变太多。

上学路上，我踩着自行车，会经过一家加油站。到了那里，我就知道离学校不远了。那家加油站，也是我的加油站，擦把汗，再加把劲，就快到了。如今，那个路标，我已经找不到了。

进校门，左手边有一方水塘。初三毕业时，我们与班主任刘大金老师倚着水塘前的围栏拍摄过一张合影。

我是在一个学期中途转过来的。没有课桌，刘老师将自家一套课桌搬来让我先用着。上晚自习，我爱讲小话，时常被窗外夜巡的她逮住。她会将我喊到办公室提醒，不曾当着全班同学的面批评我。

那张照片，我至今保存着。它成了我与刘老师唯一的合影。如今，我只能在梦里与那方水塘与刘老师相遇。水塘早已被填平，刘老师已经过世多年。

水塘旁有一条栽满粉色夹竹桃的巷子。无论是放学，还是上学，我都喜欢沿着水塘走小路，就是想多看几眼盛开的夹竹桃。

花期盛的时候，老远就能看见满枝满枝的粉红。那一树一树高举着的粉红，该是紧张学习生活里最亮的色泽吧。

我曾是校广播站的播音员，每天中午放学后，会到广播站工作十多分钟。姐姐与我同在这所学校念书。她告诉我，在水塘边听，与在操场听，不是一回事。

多年后，我再想起她的话，不知道广播里传出来的声音，在水塘边，是不是经过夹竹桃的层层过滤，具有如花一样柔和又集中的力量。而操场太过于空旷，声音没有走多远便飘散了。

我很想自己去听听。只是那条小巷，那一树树的夹竹桃，都被岁月的风吹得太远太远，回不来了。

学校后面曾有一条小河。河不宽，两三米的样子，也许更宽或者更窄。

它不知从哪里来，又将流到哪里去。每个人生命的河，有起点，也有终点。这弯小河，它也一定是有的。只是，它的河，被人拦腰截断了。

在它流淌的地方，拉通了一条大路。曾不枯竭的水流，成了日夜不息的车流。

小河边的那道河堤，曾是我们的乐园。一年冬季，下了很厚的雪。河堤少人走，厚厚的一层雪，满坡的一层雪，都在等我们。不知是谁带来了上胶卷的相机，我们便来到河堤，拍雪，拍我们自己。

照片尽管泛黄，但是它们都还在。只是河堤，已经不再有河流需要它的呵护，它低垂下了身子，与那条路融为一体。

不知为何，我能清晰而又轻松记住的，总还是多年前母校的场景。只是，那些曾如路标一样矗立在回母校路上的它们，都已经不见了。

我的心似乎太小了，已经被那反反复复在我的生命中播放了6个年头的景致占据，再难腾出新的地方装点别的进去。

写于2019年11月4日

无根的家

临时工作区附近，有一片纳入拆迁的房子。有的已经被推倒，有的还空空地站立着。居住的人家都早已搬走。

工作累了，我喜欢沿着一条安静的小道走走。小道的一侧，围栏外，便是一排排等待着最后告别的空房子。

去年，一栋5层楼的最高处还是空的，前几天经过，突然发现屋顶不知何时长出了一棵树。树叶掉落得差不多了，远远看去，在那片没有云经过、有些寂寞的天幕里，楼顶的树枝枯瘦如铅笔画，只余线条，不见色彩。

我站住，抬头仰望。几只鸟突然啾啾着从那幅铅笔画里跃起，如几片飞起的树叶。

我再仔细望过去，惊喜地发现枝丫间有鸟巢！

哦，原来，这里还有一家人没有搬走

呢！

这棵被鸟儿们当成家的屋顶之树，是不是原本就是它们自己衔来的种子发芽而成？

它们该有多大的耐心，等待一颗种子的蝶变？

它们又是从哪里弄来土壤滋养树的根？

失去了大地的树根，又能否带给它们一世安稳？

原本，我不太在意这些老房子究竟何时会被完全推倒，如今，那屋顶树上的一个孤独的鸟巢，让我关心起来。

曾经，一棵百年大枣树被人砍伐。暮归的鸟不知道树没有了，树上的家也没有了，它依然停在巢曾在树上的那个地方，突然就这样直挺挺地落在地上。

原来，失去了根的家，是悬在空中的房子，没有承接脚步的地面。夜归的人，推开家门，一脚踏空，便栽了下去。

写于 2019 年 11 月 16 日

故乡的保鲜期

有人来到我的老家，拍摄了一组照片发给我。

点开图片，我看见了那些曾经异常熟悉的场景。但是，闻不到家乡空气里特有的味，脚步触碰不到家乡土地上的体温，这便都不算见着了老家。

有些路，还得我自己去走。

喜欢在一个地方待着，也许并一定是因为喜欢，只是因为习惯。

习惯在同一条路上走来走去，便走不出那条路了。走得再远，那条路都在我们脚下，随着我们的脚步一直在延伸。

其实，这也是我在一个离老家有段距离的地方生活 20 年后，才知道的。我一直带着这条路在行走。

或者说，这条路，一直在随着我前行，随着每一个离家的孩子前行。

这条路，便是回家的路。

带着这条路，我在一个异乡待了下来。20年的时间，足够我把一座全然陌生的城市住得异常熟悉。

熟悉得让人听不出我的异乡口音，熟悉得让我自己都以为我便是这里的人。

慢慢发现，一个人在异乡待久了，宛如装在容器里的一杯水，保鲜期一过，水面会浮出绿色的霉。

我们的身体也会慢慢生出不易察觉的霉，需用故乡的太阳晒晒才会痊愈。

故乡的太阳，无论我们晒多久，都是新鲜的。

只因，故乡的保鲜期，是一辈子。

写于2019年11月19日

把家拴在翅膀上

今天，我在院子里散步。隔着铁栏杆，院子外是一片拆迁地。

前几天刚熟悉了一户还没有搬迁的人家。那是一户安扎在一栋5层楼楼顶小树上的家，一个小小的鸟巢。

那天，几只鸟站在枯瘦的枝条上。我还以为是几片没有落尽的叶片。直到它们腾空跃起，我才看清楚了它们。

那栋早已无人居住的楼房，迟早要和它附近的几栋房子一样，被挖掘机推倒，化为废墟。

只是，我希望鸟雀们能先安然度过这个冬天。

今天去看时，一台挖掘机已经开始作业了，就在那栋5层楼的附近。

机器轰鸣，巨手一挥，一堵墙便倒了。

也许明天，也许还迟几天，挖掘机就

会碾压着脚下的碎砖瓦，来到那栋小楼前。

挖掘机手不会留意楼顶的那棵树，树上的那个巢，巢里的那几只鸟。

我不由担心起它们来。

隔着铁围栏，隔着腾起的灰尘，我朝那棵小树急急地张望。我没有望见它们。

也许，它们被这轰鸣的机器声吓怕了，正躲在哪里。

也许，它们知晓了无法逆转的结局，已经搬迁。

也许，它们在远处的某个林子里觅食，根本不清楚正在发生的一切……

我不知道，鸟雀们会不会懂得故土难迁，会不会看见一只巨手将家拍碎也会心痛？

我该怎样对正在废墟堆里工作的挖掘机手说清楚呢？他又怎会理解呢？

我告诉他，家与房子的区别吗？告诉他，一栋房子，人搬进去了，就有了人气，有了呼吸，有了爱，有了暖，有了情感，这时，房子，就变成了家。

只不过，在他的眼里，那些曾经住过人的家，只是用冰冷的墙、冰冷的钢、冰冷的瓦砌起来的房子，没有生命。随着人的搬离，它们甚至连“房子”都算不上了，只是一堆建筑垃圾。

他又怎会理解一个鸟巢的意义呢？

我突然感到难言的孤独。

也许，在这偌大的空间里，真的只有我看见了那栋空楼顶上的树，看见了树上的家，看见了即将无家可归的它们。

它们将在哪里安家筑巢？哪根枝丫能替它们抵挡一生风寒？

其实啊，我也是无老家可以归去的人。如一只鸟，把家拴在翅膀上，在异乡的天空里飞。

写于 2019 年 11 月 22 日

画着圆圈

今天无雨，我特意走到那条小巷里，去看看房顶的那棵树，树上的那个巢。

前几天下雨，挖掘机停止了作业。不久，又逢上周末休息，那栋即将被拆迁的老房子又多留了几日。

其实我已经猜出它们的结局，只是还是想去看看。看了，才算真正与它们告别了。

那栋 5 层楼高的房子，不知何时已经倒了。屋顶的那棵树，树上的那个鸟巢，不知道压在了哪块砖瓦下。

望着突然变得空荡荡的眼前景象，我知道，这个冬天，天空中又该多出几对离家飞翔的翅膀了。

还记得，前段时间，天气暖和时，这片等待拆除的旧房子的上空，一群鸟雀排着队飞过。

它们从我的视线里飞出，飞进被更高

的屋顶遮住的天空。不一会儿，它们又重回我的视线。直到我站累离开时，它们还乐此不疲地在空中画着圆圈。

好多天，我都看见它们就这样飞。

那展翅翱翔的鸟雀中，是不是便有几只，就是住在楼顶那棵树上的小巢里？

它们这样重复着在空中画着圆圈，到底是在快乐地彼此追逐游戏，还是在进行一场我们不懂的告别仪式？

挖掘机开进来后，空中画圈的鸟雀便不见了。

我不知道，它们都去了哪里。

突然空出来的巨大天幕里，那个曾由飞翔的翅膀画出的圆圈，一圈一圈地在我心里泛起涟漪。

其实啊，我们也是在空中周而复始地画着圆圈。圆圈的中心，便是家。

去外地求学、工作，圆圈的半径便会随着我们远行的脚步调整距离。如同水波，一圈圈地向更远处荡漾开去。

人，会眷念故乡的一砖一瓦。

其实，鸟，也会。

写于2019年11月28日

爱的磁铁

朋友的外婆住在乡下，守着一块菜园，不愿进城居住。

撒上白菜籽，育上萝卜秧，架起丝瓜藤。菜园里热热闹闹地长着瓜果蔬菜。

八旬的老人，把余下的时光，留在那片小菜园里。

到了周末，她便等着他们回来。

早早地将菜园里冒出头的新叶摘下，将个头壮实的大萝卜拔起。弄掉泥块，用塑料袋装着，等孩子们带到城里去。

孩子们不能确保每个周末都回家。菜等不及他们的到来，放着放着便蔫了。

老人便将菜晒在屋场里，做成咸菜。

下一个周末，老人又会早早将菜园里最新鲜的蔬菜采摘下来。然后等待。

老人种植了一园子的新鲜蔬菜，自己却很少去吃那最嫩的叶、最甜的果。她总是留着。

那些青叶，那些嫩条，也和老人一样，学会了等待。等着等着，它们也如采摘过它们的那双手一样，变得干枯。

老人一年年地枯萎下去。她把余下的时光，一点点地栽种在那方菜园里。每颗苗，每片叶，都是一个日子。

老人算不清一笔账，那就是孩子们开车往返的油钱，足以买满满一车厢的蔬菜。她只是单纯地知道，这菜多好啊，城里买不到。她要为一大家子守住老家的这方菜园。

守护好了这方菜园，就守护好了一个大家族的胃口。

这个大家族，便无论走得多远都会在餐桌上团聚，品着同一方水土，尝着同一种关爱。

原来，外婆和她的小小菜园，便是一个大家族里爱的磁铁，将数个小家庭牢牢地贴在一起。

写于2019年12月8日

谁陪你变老？

院子里，金毛“威威”安静地趴在太阳下。

它应该是院子里最年长的狗了。走起路来时，常见它毛茸茸的尾巴无力地拖在身后，慢慢腾腾，如一个老者。

主人告诉我，它相当于一个人活到了80岁。

路过它，我轻轻唤它的名字。它慢慢抬起头，毛茸茸的大尾巴轻轻地在草地上晃了几下，算是回答了我。

它老得似乎没有太多力气举起来那根大尾巴了。

一条狗，在一个家庭里慢慢变老，是幸福的。

它守护的那家人，也慢慢变老了。

只是，我不清楚，它是否能理解这种老。

它会不会看着眼前变老的人，暗地里

思索，它刚来时陪伴过它的那个人哪里去了？

它会不会以为自己在同一个家庭里，换了不同的主人，神奇的是这些长相不一的主人有着相同的气味？

狗狗通人性，可是，我多希望相信它其实不懂这些情感，如此这般，这条已入暮年的狗狗便不会懂得生离死别的苦，那条曾没能在我家养老的狗狗便不会觉得永难相见的痛。

15 年前，父母随我搬迁到异地。蒸馒头的小蒸笼、擀面的棒子，父母都舍不得扔，一并带走。他们十分喜爱的狗狗——小黑却被留了下来。

不是不想带它走。如黑熊般壮实、勇猛的小黑，我们该如何安顿它？

父母担心自由惯了的它适应不了城里的规矩，更担心它会在人口密集的小区里伤人。

父亲抚摸着小黑的背脊，给它解释留下的原因，并当着它的面托付新屋主定要好好待它，无论如何都不能杀它，让它自然变老。

货车发动，父母告别陪伴近 8 年的小黑，告别了居住 15 年的小院，告别生活五十载的小镇。

小黑跟着货车一路奔跑。

它是不是意识到了这场告别意味着再难相见？

父亲摇下车窗，让小黑回去。

小黑大声地叫唤着，依然一路奔跑。

货车停下，父亲下来。小黑喘着粗气，一把紧紧抱住父亲的腿，眼里流出泪来。

我们终得离去，终得告别。

车加速，故乡，小院，小黑都被留在了后头……

那年，我们曾回过几次老宅，看望小黑。宅子的门关着，新主人不在家。隔着一道门，我们彼此听得清，却看不见。

小黑叫唤的声音都嘶哑了。我们不忍驻足多留。

我们的声音与气息留得越久，它越需要更长久的时间去淡忘。

最后一次去看望小黑时，老宅的门依然关着，却听不见它的叫唤。

邻居告知，小黑早些日子便跑了，没有再回来。

它是不是跟着那辆货车，沿着越来越淡的车辙，追寻我们远去的背影？

它是不是捕获着空气中如游丝一样我们留着的气息，想找到远方的新家？

这些年，它没有再回来。它去了哪里？它会在哪里渐渐老去？它会守老哪个宅院？

我对于它的记忆，在分离的那年突然停滞。我无从去寻找新的记忆链接。它在我的记忆深处迷路了，这15年间，一直没有走出来。

多希望，小黑，亦如眼前的金毛“威威”，安静地趴在太阳下，在一户宅院里，尽享它一生中最后的一段安然时光。

如此这般，我背负了15年的债，便放下了。

写于2019年12月10日

拆根

朋友的父亲曾是一个木匠，老家老宅里的不少物件，都是他父亲亲手打制的。

看着它们，他便看见自己的父亲了。尽管父亲已经去世多年。

他在城里工作，县城的老宅一直保存着。尽管老宅已经无人居住，但是，那里一直是他的心灵归宿。

一天，他接到通知，老宅被纳入拆迁范围。他知道，自己保存了那么多年的家，是留不住了。

留不住的，又何止是一栋老宅呢？

在外人眼里，那栋老宅，只不过是一些砖瓦而已。他们不会看得见刻在木器上的年轮，不会感知到留存在空气里的体温。

他将搬迁的日子一点点地往后延。拆迁方以为他是想以此来提高拆迁价位。

不懂的人，永远也不会懂，或者说，

也不会尝试着去懂。他无法与那些人真正说得清楚那栋老宅在心里的分量。

他开始拆老家的物件。木作的床，木作的桌，木作的椅，木作的门板和墙。每拆一件，他都感觉到彻骨的疼痛，都在肢解内心保存多年的一份完整的记忆。

终于，他忍不住坐在地上号啕大哭。那留存在这些物件里的父亲，也随着这些物件的拆卸，变得支离破碎。

失去老宅的城市，日新月异，却在他的心里黯然失色。

有时，一个城市，一个家庭，所需要的，并不总是“新”，也需要保存一些“旧”。一些“旧”，是一座城市、一个家庭的根。

写于2020年1月15日

父母便是一方田土

车厢里，一对友人聊着天。一句话，无意间飘进我的耳朵，沉沉地摔在心里，打得我一身疼痛。

“我家里原本有五亩多田土，爸爸妈妈‘走’了后，田土就荒了。”

说话的妇女，四五十岁，进城务工，是一名停车收费管理员。她的言语中，流露着无比的惋惜。惋惜田土的荒废，惋惜父母的离世。

其实，父母，就是替我们守着家园的那方田土啊，替孩子们播撒希望，任孩子们收割幸福。

这方田土，日日夜夜给孩子们提供着爱的养料。多年里，我们习惯了收割，习惯了这方田土的丰茂。

我们以为爱会是割不断的韭菜，总会生长，却在某一天里，突然发现，整片田土都会消失。

割不断的，只是一份深深的父母子女情啊。

是啊，父母的这方田土，在一年年的收割之后，慢慢变得苍老、贫瘠，再也长不出庄稼来。

田，荒废了，却在儿女的心里开始疯长出思念的藤蔓。

任世上田土无边，已无一寸之地供我们躬耕。

趁我们还拥有这方田土，好好耕耘与珍惜吧。我们便是扎根在这方田土的一株草、一棵树。田土没有了，我们便成为失去根的孩子。

写于 2020 年 1 月 13 日

年的味

过年的味道，该就是回家的味道吧。

父母在哪儿，家就在哪儿，年的味道就在哪儿。

岁末，父亲和母亲聊起了他们的年味。那份老去的年味里，长留着他们父母的身影。

父亲儿时的年味，是奶奶熬的那锅猪头肉的味道。年幼的父亲守在炉灶前，等着奶奶从锅里捞起肉来，撕下一小块，微笑着递给他解馋。

母亲儿时的年味，是外公从城里回来藏在口袋里的糖的时光。当她长出白发，还记着父亲那时的模样，比现在的她还要年轻。

如今，父亲和母亲，都已经成为没有家可以归去的孩子。他们的家，包括他们的年味，随着自己父母的离去，变成了记忆。

失去了年味的他们，为我熬制着岁月的年味。

这份特殊的年味啊，在一代代人的唇齿间延续着。

他们买来鱼肉，晒在阳光下，让年的味道升腾成满屋的芬芳。

他们让厨房溢满忙碌的喜悦，“八宝饭”“年有余”，让年的味道里蕴含着浓浓的祝福。

他们做腊八豆，他们熬萝卜汤，他们贴春联，他们把一个个逐渐老去的日子，熬成一份特有的年味，呈给他们的孩子。

孩子感受到年的味道了，他们也就感受到了。

“今年过年回老家吗？”朋友们发来信息问我。

回家？回故乡的那个老家吗？

已经失去故乡的我，已经懂得，父母，便是孩子的原乡。

父母在，家就在，年味就在。

写于2020年1月23日

向阳而生

在这样一个烟雨朦胧的时节，遂想起老家阳台上的太阳花。

2 楼的窗外，有一长条阳台。阳台上摆满了太阳花。

那是极其寻常的小花，柔柔的花梗犹如竹节，一节一节向上蓄积力量，将铜钱般大小的花朵高高举起。

花朵多为单瓣，花型简简单单，并不烦琐，不过花色十分丰富，有红色、粉色、白色、黄色等。

它们的生命力极强，我们曾用小刀切下一小节，嫁接在宝石花上，插在仙人掌里，它也能倔强地生长一段时间。

它所需要的不多，一点水，一点阳光，一点土壤，便骄傲地将一轮轮小太阳举起。

每到夏季，太阳花向阳盛开，开得朴素而灿烂。整个阳台便都成了它的世界。

在老家的生活，也如那朵朵太阳花，简单而热闹。

津市的伯伯举家搬迁，与我们共住一栋小楼，整个阳台，都是我们大家的，没有隔开。

伯伯家有四个孩子，他们与我们家的孩子年纪相仿，大伙便在一起养花。

我家的花，她家的花，都挤挤挨挨地盛开在阳台。

那时，我们还是孩子，父母也很年轻。我们都有足够的时间等待。

等待一朵朵小花的绽放，等待它们结出黑色圆溜溜的籽，等待埋入土壤里的籽来年也开出五颜六色的花。

等待普通如太阳花一样的孩子盛开。

那时，喜欢太阳花的孩子们，还不太懂，我们就是父母眼中的太阳花，小小的手将一个家庭的希望与未来举在头顶。

那栋小楼里生活着的七个孩子，都长大了，七株颜色各异的太阳花都结出了属于自己的花籽，花籽也如当年的我们那样，萌芽、盛开，用小小的手将一个家庭的希望与未来举在了头顶。

只不过，我们都早已搬出了那栋小楼。在日新月异的变化中，我们都难以十分准确地找到那栋楼曾经站立过的位置。

不，我们能找到的。那一朵朵在心里盛开的太阳花，便是路标。

向阳而生，追逐光明而行，就能找到。

当年的一个小女孩，如太阳花盛开。她还在那里，等我。

写于 2020 年 2 月 2 日

荷，开着那年的花

窗外的暖阳懒懒地照着，不远处的一片荷塘在阳光里，疏疏落落着。

已经枯黄的荷梗举着已经卷成一团的残叶，一片毫无生机的样子。

母亲笑着说：“别看它们现在这个样子，只要那埋在泥土里的根还在，它们就可以再开出一季花海来，而且啊，这根变成藕，年年挖年年生，一旦不挖了，藕也就逐渐没有了。”

母亲想起了她老家的一片荷塘来。

荷塘，其实并不是荷塘，只是一个小水塘。那是水塘附近几家人生活水的来源。

母亲不知从哪里弄来几根藕，藕节处已经生出了芽尖。母亲舍不得吃，便一根根埋进了水塘的泥里。

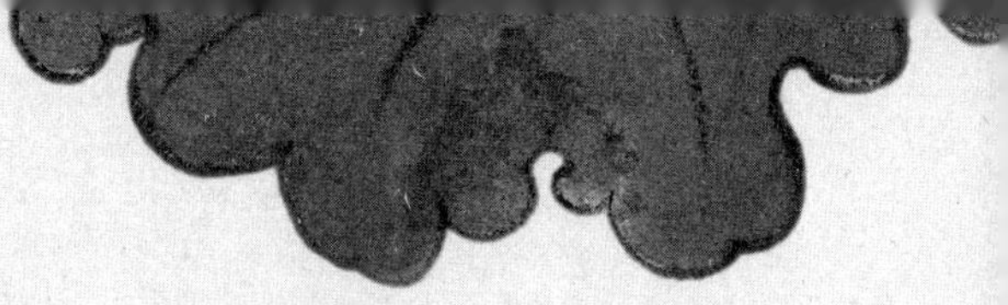

平常的日子里，母亲便多了一份等待。

母亲忘记到底等了多久，终于等来叶的出现，等来花的盛开，等来藕的成熟。

寻寻常常的日子，波澜不惊的水塘，因为那水塘一角新生命的萌生而有了新的欢喜。

“莲藕成熟的时候，我们赤着脚，在泥里踩。踩着踩着，泥慢慢就松了，那一根根的藕也就冒出来了，真是有趣。”母亲笑了。

看着母亲的笑，我没有接着问下去，没有问她后来那面荷塘怎么样了。

谁将那一方小小的水塘填平，再也漾不起波，就像填平一段尘封的往事？

谁将荷塘里的藕连根拔起，再也长不出荷来，就像连根拔起一个乡村的根？

不，它一直都在，在母亲的记忆深处，开着那年的花。

写于 2020 年 2 月 5 日

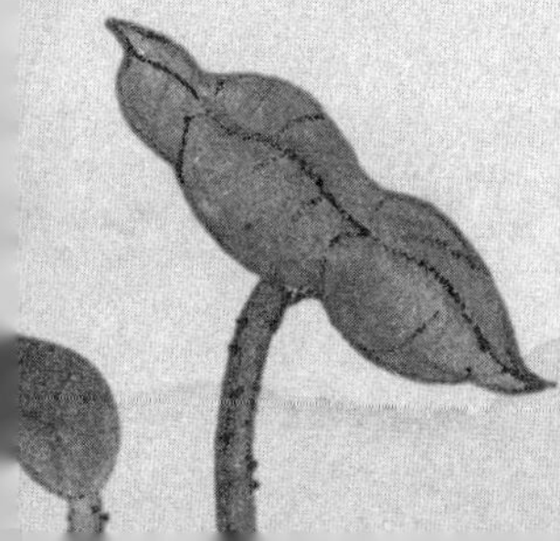

老宅里的真实表情

我喜欢走进一幢幢老宅子。

那些透光的一方天井，那些雕花的镂空木窗，那些镶嵌铜锁的古旧大门，都是我极其喜欢的。

更喜欢的，便是藏在一个个角落里的故事。

这些故事，需得认真聆听。

有时，聆听，光依赖耳朵是靠不住的。听过太多子虚乌有的传奇，或者异闻，我不太愿意相信了，更希望捕获到的是老房子真实的人文表情。

这些表情，不是编出来的，而是曾经房间里真实存在过的，是烟火气一点点熏出来的，是脚印一个个踩出来的。那些表情，是带着缕缕人味的，是不管使用何种工艺去重现、去修旧如旧都无法呈现出来的人走过的岁月痕迹。

是呀，人，是那些宅子里的主角。宅子的表情，其实，也就是人的表情。

就算具有绝美雕梁画栋的宅子，就算具有巧夺天工技艺的建筑，没有人在那里繁衍生息过，那宅子都是空的。

空的宅子，如何让它具有生命？有的人想着法子找来一些稀奇古怪的故事来充塞，来嫁接；有的人变着花样经营一些招徕人的营生。

这样的生命，是塑料花的生命。

住过人，有过故事的宅子，不会空，那么多光阴的故事，足够填满每一间小屋，每一方天井。

只是，许多人，没有意识到宅子的生命其实都在那些真实存在过的故事里，他们将老宅子推翻了，重新按照老宅子的样子建起一栋“老”宅子。用老的砖瓦，用老的设计，房间里摆放着的也还是老的物件，只是，老的味道已经不复存在了。

我曾去过张谷英村，在那些古旧的巷子里穿行，走着走着，便走到别人家的厨房里。那满屋子的饭菜香，着实让我感动。那些老宅子，既是开门迎宾的景点，更是一直还在延续着烟火气的家园。

我曾去过古乾街，一些老宅子在保存原样与原址的基础上，做了一些修缮，人依然在里面生活着，守护着他们的祖人曾经居住过的气息。宅子在，一些老的故事，讲述起来，便有了依据。

我曾去过浦市古镇，那里还保存着数以百计的封火墙“窨子屋”，有些宅子，依然住着人。尽管，它们都老了旧了，有的门楣已经残缺，有的屋顶长着茅草，有的墙上泛着青霉，有的天井下那方铜钱渗漏铜锈斑斑，这都不影响我见到它们时从骨子里渗透而出的惊叹与喜欢。

我知道的，在过去无数个岁月里，有人如我那样，抬头仰望过那方天井，触摸过那厚重的实木桌椅。隔着岁月的河岸，我们彼此望见。

老宅子，好的传承方式，大概就是将那缕人味继续延续下去，用柴米油盐酱醋茶的朴实，续写着宅子的烟火故事。

如果说，我恋旧，那恋的一定是文化的旧，故事的旧，人文表情里岁月的旧。

写于 2020 年 6 月 12 日

花都落了

回老家，那栋宅子已经完全找不到片瓦了。

车，沿着一中的老城墙向前，速度很慢，就是怕一转眼就错过了老宅曾经所在的地方。

打开车窗，打开记忆中的老地图，在窗外寻找相应的坐标。

老街两边，靠栗河一侧的房子全部拆除了。一中城墙外的那一片，已经垂柳依依。

垂柳都是新植的，它不会有啥乡愁。依依不舍的，是我。

我在老家生活过的那些宅子，都已经不复存在了。

安顿过童年时代的兰江公园那栋 3 层小楼，已经拆了多年。我曾回去过，站在小楼背后的那片大操场，久久地张望曾经的那方宽敞高大的司令台。凭着记忆，一笔一笔地勾勒着那栋小楼曾经的样子。

兰江公园的司令台，曾是全县开大会的地方。那里，也曾是我们一群孩子跳皮筋、捉迷藏的地方。

不知为何，脑海里浮现的画面，总是小楼曾经更换司令台楼顶防雨板的情景。当一块块防雨板被掀下来，一些鸟巢也随着落下。一群群的鸟，惊慌失措地在空中盘旋。原来，舍不得离开的，不仅仅是我。

安顿过少年时代的棚场街那栋 5 层大楼，也已经于 10 年前拆除了。原址建成了一片住宅区，那里都是别人的家园了。

大楼前面曾有一株高大的泡桐，少年的我曾坐在窗前，望着那株能开一树繁花的大树发呆。

我还记得，在那栋大楼里，曾经历过一次印象深刻的逃难。一天深夜，距离大楼百米左右的一家小店突然起火。小店连着小店，那里挤挤挨挨着不少小店。小店的屋梁，大多是木质结构的。火势很快便蔓延开来。我们被一阵阵嘈杂声惊醒，透过经常眺望泡桐树的那扇窗，我望见右侧的天空都快烧红了！

我往下望，狭窄的街道挤满了惊慌逃离的人，救援车都难以开进来。

我惊慌地等待着父母的决定，是不是赶紧往楼下跑？

他们和邻居们根据火势不断做着判断，时而觉得火应该烧不过来，时而又感到赶紧走才更安全。

那一夜，火炙烤着我并不坚定的胆量，我的额上、手心都冒着汗。冷冷的汗。

火，终于被扑灭了。火舌，没有扑向那栋 5 层楼高、居住着 50 户、几百号人的大楼。

躲过火灾的大楼，多年后，还是没能保住。小小的县城里，也许找不出一栋宅子曾经安顿过一个人的一生。具有50年光景的房子，也许都是稀缺品了。

我在老家居住时间最长的，应该就是洗墨池那里的那栋2层小楼了。算上小楼曾经的主人安顿过的光阴，两家人度过的时间加起来，小楼存在于世的时光，该是快40年吧。

喜之郎宝贝，就是在这栋房子里成长的。在那里，不满1岁的他，正学着走路，站在学步车里，他追着家里的狗狗打闹。狗狗在前面跑，他在后面赶。那时的时光，该是多么欢愉。

我曾是计划着，要将这栋房子住老，要给孩子留下一栋老宅，要让他就在那里慢慢长大，慢慢让他的光阴与这栋宅子的光阴重叠在一起，叠加成温馨的成长记忆。

可是，我没有做到。

宅子在15年前已经易主，父亲搬迁到了我所工作的城市。

我再次回老家时，已经找不到老宅了。

车停在一片长着杂草的空地上。根据老宅对面那些没有拆迁的房子判断、定位，那里，便曾是宅子站立过的地方了。

老宅门口，曾栽种过两株开满粉色花瓣的月季花；楼上的晒台上，曾摆放过各色太阳花；2楼的大阳台上，曾盛开着大朵大朵的茶花。

花，都落了。

落在记忆里，带着点点、点点的雨。

写于2020年6月27日

燥热

开着空调，依然热浪袭人。似乎一年更比一年热了。

记忆中，过去的夏季是凉爽的。

每当夜幕降临，家家户户将竹床、凉席搬到户外，摇着几柄蒲扇，便将一天的疲惫与燥热扇远。

那时，我们家与伯伯家共用一个大晒台。夏季的夜晚，两大家十来个人，来到楼顶的大晒台，搬着凳子，铺着竹席，一只水桶里盛着新压出来的井水，冰凉冰凉，正冰镇着瓜果。

听长辈们聊天，吃冰镇的瓜果，倦了便躺在竹席上望着夜幕。

夜幕，是星星月亮的舞台，也是无数个幻想上演的舞台。

热爱天文地理的姐姐取出自制的观星箱，时常教我辨认星座。

“这是小熊座。那是金牛座。瞧，它

们是双子座……”

“这是银河，看见了吗？银河这边最亮的那颗星星，对，就是它，是织女星。”

“下面几颗较暗的星，像个四边形，据说是织女编织用的梭子。”

“银河的另一边，那颗黄色的亮星星，是牛郎星。”

“牛郎星的两边还有两颗小星星，叫扁担星，据说牛郎就是用这根扁担挑着一对儿女过鹊桥的……”

姐姐耐心地讲述着。

“姐，你说，世界上是不是真有牛郎织女？他们真的住在天上？鹊桥能承受得起他们身体的重量？他们是不是很轻，飘在天上，就像有轻功的人一样……”

无拘无束的思绪，犹如夜空中的萤火，提着一盏盏奇异的微光，扑闪扑闪着，在我的心空满天飞舞。

那样的夏夜真是极好，与家人亲近，与自然亲近，与毫无约束的幻想亲近。

只是，我再也找不回那样的夏夜了。

陪我们一起观星星的外公、姑婆、伯伯、伯母，变成了一颗颗星星，熄灭了光亮，飘在暗暗的夜里；哥哥、姐姐们离开了家乡，在另一座城市扎下了根；表哥、表姐们也都不再是孩子模样，而是长成了父母当年的样子……

大晒台上的人群散去了。

我们被人世间的一条条银河隔开了。有的是空间的沟壑，有的是时光的长河，有的是生死的深壕。它们纵横交错，如网密织，将我们网在一个个格子里。

关了门，关了窗，关了无边的夜幕，我们蜷缩于一个个网格里。打开空调，心蜷缩于网中一隅，呼哧呼哧地吸着气。

燥热的，到底是窗外的天气，还是窗内的心呢？

这狭窄的一隅，到底使我想着那些日子里一次次如大幕拉开、无边无际的夏夜了。

写于 2020 年 7 月 31 日

等不及老去

接连两个通宵，窗外的那块工地都灯火通明，机器轰鸣。

那是一块新拆迁出来的空地，一个全新的小区即将在这块空地上拔节而出。

新拆迁的那块地，曾有过一些房子，有的是平房，有的是两三层的小楼。一些房子的墙壁还刚翻修粉刷不久，就被推倒了。

有时，我真有些想不明白，一座城市，不断地修建起那么多的住宅，果真有那么多人来居住吗？还有那么多的建筑垃圾如何去消化？

离我的窗几百米的地方，还有更远一点的地方，高楼层层叠叠，犹如森林一般。森林中，有一些地方，是没有生命的——一些窗子从来就不曾亮过灯、住过人。

那是一间间的空房子，好几年了，就

这样一直空着。墙，依旧是裸露着水泥的灰墙；窗，依然是不曾悬挂帘子的寂寞的窗。

房子，是长在大地上的另一种树，它们却不会像树那样会呼吸、会释放新鲜的氧气，它们总是在消耗、在索取；它们也无法像树那样可以站得地老天荒，它们留存在这个世界上的时间，往往并不太长；而且当它们倒下，还将耗费一些土地去安置废弃的砖瓦。

这似乎又并不是这些树的过错。当钢筋水泥注入树的躯体后，树是刚强的，它是有能力抵御很多的，它原本是可以像一棵大树那样，一片片叶子都写满故事，一个个年轮都记录历史。

只是一些人，却似乎没有耐心住老它们，便会将它们拆迁，然后在那些拆迁的地方再植下新的“树”来。

这些钢筋水泥的树，如若承载岁月沧桑，倒也有了历史感与故事感。只是一年年砍伐，一年年栽种，树就这样年纪轻轻地老了。

写于 2020 年 8 月 8 日

归人成客人

再也找不到回老家的感觉了。

生活过的那栋宅子被卖掉时，我还是感觉，那里曾是家，还保留着我们的痕迹。

前些年，我曾多次回去，一次次地从那栋宅子前经过。仿佛有什么，一直凝固在那里，如一枚空气胶囊，装着过去的气息，能解我的思乡病。

那是一种什么气息呢？

绝不是那种沉在岁月深处的淡淡霉味，这种味道会让人窒息。

空气胶囊的味道，是宅子门前曾栽下的那株月季的甜香，是2楼晒台曾摆放的那排太阳花的明亮，是小院里曾缀满水蜜桃的那树丰收，是围墙旁挂着紫葡萄的满藤喜悦……

那些花，那些果，那些一次次进我梦里来的过去。

都是过去。新的屋主就像撕掉一张旧日历一样，把这一切的过去都翻过了。

不管新的屋主如何用新的痕迹替代旧的痕迹，我依然会找得到那些无论如何都无法抹去的印记。就算宅子被整修得面目全非，只要宅子的根基还在，我就感觉家还在。

只是，如今，宅子也被连根拔起，我立于那座城市的根也便没有了。

再回老家时，我成了无家可归的——客人。

写于2020年9月9日

回不去的，不是家乡

电影《我和我的家乡》，让我再一次感受到了家乡在一个人心中的重量。

画家马亮放弃去俄罗斯学习的机会，回到曾经生活的小村庄，当起第一书记。他用画笔，为家乡勾勒美好画卷，在稻田上画上通往春天的列车，在围墙上画上小村庄生活的百态。贫困乡村成了旅游特色村，村里的年轻人看见了希望，纷纷回乡创业。艺术，在家乡发挥了它更大的价值。家乡是什么？在马亮的眼里，它是一幅画布，呼唤着他为全村人画上梦想。

教授范老师患病，思维停留在 1992 年。那年，他在一个小乡村里给孩子们上了最后一堂课。随后，他乘坐着一艘小船，渐行渐远。思维按下了倒退健与遗忘健，他认不出自己的儿子，认不出自己，却一直记着乡村小学打铃的教工，一直记得学生曾经画过的那幅未来校园图。当他从国外回来，脚步重新踏上那个小乡村的土地，闻到曾经异常熟悉的气息，他的记忆被激活。家乡是什么？在范老师的脚下，它是一条路，引领着他回家。

……

五个单独成篇的小故事，从不同侧面，讲述家乡的味道。家乡的味道，不再仅仅是妈妈曾经做过的那道菜的味道，不再仅仅是曾经熟悉的那片田埂稻花飘香的味道。这些，是小味小调。家乡的味道，更是我们与家乡，更有人与那片土地命运与共、血脉相通、此生相许的那份懂得与坚定。

我们，是播撒在家乡土壤里的孩子，如一枚枚稻子。家乡默默地抚育着我们。播种，耕耘，仔细照料，然后，便是等待收获……可是，我们这一兜兜成熟的稻子，却在别处，被另外的土壤收割。

有多少人，离开了家乡，就不再回来。

回不去的，其实并不是家乡，而是许多个我们自己。

写于2020年10月7日

一棵桃树的使命

每到这个季节，如果它还在，它一定也会和其他所有的桃树一样，漫天盛开，将头顶的那片天都染成粉色。

我看过它的芬芳，吃过它的果实。只是，我不知道，如今的它，会在哪里。

我不愿意去想象它的枯萎，就像我不愿意去相信，那棵外公植下的桃树，也已经随着他的离去，在这个世界上不留痕迹。

外公是个有点旧思想的老头，重男轻女。作为女孩，我并不是外公偏爱的孩子，却依然那么执着地想念他。

也许，这种执念，便与这棵桃树有关。

外公栽下那棵桃树，树根逐渐深深地扎在土壤。也许，就是从那时起，我对外公的情感也一并扎下了深根。

树挖去，留下深坑。深坑里，可以植下新的树。

外公走了，他留在我心里的深坑，却成了填不平的沟壑。

每每看见桃花盛开，我总会想起他。

在澹水河畔居住的几年，是生活异常艰难的几年。父亲创业失败，母亲单位破产，我们三兄妹读书。

父亲将原先居住的小楼卖掉，购买了另外一栋小楼。新居住的小楼便在澹水河畔的洗墨池居委会。

不懂事的我，不喜欢那栋小楼，嫌它旧。我并不知道，卖房买房产生的差价，成了我们的学费。

外公默默地跟着我们一起搬了过来，他买来橘子树、桃子树，栽在小楼后面的小院落。

小院落居于两栋小楼之间，如一块夹心饼干的心。太阳无法时时光顾小院。院落有时藏在前面小楼的影子里，有时躲在后面小楼的影子里。

橘子树，时常被小楼的阴影覆盖着，头从影子里探不出来，慢慢枯萎了。

植在围墙旁的桃子树，则一年年长高，终于将头从小楼的影子里冲出来，呼吸着被阳光晒暖的清风。

有了充足的阳光，桃树便蹿得更高了，最后伸开双臂，将阳光牢牢地抱在怀里。

随后的岁月，桃树自在地开花，自在地结果。

一个院落，整栋小楼，因为满天的桃花盛开，变得缤纷起来。

艰苦而寻常的日子，也在我的眼中开出别样的花。

外公平时的话不多，时常坐在小屋里，戴着一副老花镜看书。慢慢的，书上的字，戴着老花镜也看不清了，他便搬把板凳坐在桃树下。腿脚不便了，他就坐在小屋的藤椅上，望着栽着桃树的小院。等我再回来时，小屋里的藤椅已经空了……

外公离开后，桃树也老了，再也结不出那么甜的果。

几年后，父母将小楼卖了。桃树搬不走，留了下来。

第二年，新屋主将结不出甜果的桃树砍倒了。他们不知道，这棵桃树原是结过又大又甜的水蜜桃。

不，我宁愿相信，他砍倒的，不是外公留下的那棵桃树。它应该被移栽到了别的什么地方，只是我不知道而已。

每年，它都照样开花、结果，并默默地告诉我，努力向上，将头从阴影里冲出来，你就会拥有阳光！

写于 2020 年 3 月 3 日

走不出的花瓣雨季

那是别人家的一个小院子，生长着两株橘子树、两株桂花树。主人用几块水泥墩子将四株树围了起来，并放置了石桌石椅。于是，小区的一隅，便多了一个私家小院。

午后，推开门，橘子花的香味，将我一步步引到了那个小院里。

小院里没有人，阳光正晒着树以及树下的石桌石椅。树的香，便在阳光里氤氲开去，远远近近，都是那股沁人心脾的清新。石头的冰凉，不知是被太阳晒暖了，还是被花香融化了，轻轻触碰，满手心的温润。

主人外出了，空着这样一个小院。

空的桌子，空的椅子，空的花香，空的阳光，实在是空得有些浪费。

拂去石凳上的花瓣，我静静地坐了下来，将一个午后的时间，交给这个小院。

太阳照在背后，影子投射在墙角。

一寸暖阳，一寸光阴。背后的太阳如慢慢退潮的海，将一个午后的时辰一点点地带走。

带走的，又何尝只是这样一个午后呢？突然记起，曾经也是有过许多这样的午后，也曾是在许多同样煦暖的春光里，一个小女孩也曾这样幸福地守着一棵开花的树。

那是外公植下的一株桃树，生长在小院的围墙墙角。

每到春天，花瓣飘飞，落于树下女孩的袖里，落于发间，落于书中。

自从院子里种下那株桃树，随后的一个个春季，都变得浪漫起来，缤纷起来。

女孩想替外公做点什么，作为回报。

外公爱听戏，女孩许诺，等哪天，带外公去戏院听一场真正的戏。

那时，县城里的戏台、戏院早已经拆了。听说农村里有一些小茶馆，偶尔邀请戏班子进驻，开开嗓，解解一些老戏迷的馋。女孩也曾前往一些农村，寻找老茶馆，寻找老戏班。只是，不知为何，女孩的承诺，如栽下的一棵花桃，开着花，却一直没有结出果。

外公的床头，便只是放着一个小收音机，收音机里咿咿呀呀地哼唱着。

女孩以为，外公拥有的岁月，也如这戏剧的曲调一样，舒缓而绵长，却不知，听戏的人，对声音的感知，对冷暖的感触，对岁月的把握，会退得那么急，会那么让女孩猝不及防……

每到春天，桃花花瓣依然飘飞，依然落于袖里，落于发间，落于书中，落于女孩此生无数个接踵而至的春季里。

女孩突然明白，那是一场走多远、走多少年也走不出的花瓣雨季。

多年后，她坐在一棵橘子花树下，白色的花瓣无声飘落，她不由想起那场花瓣雨……

写于 2020 年 4 月 12 日

一切静好

书桌上，放着一枝橘子花，一杯刚出窖的甜酒汁，一本 20 多年前的家书。

这将是我的一个周末，于袅袅花香里，品着新鲜酒酿，整理老旧家书。

花，是父亲从郊外带来的，插在瓶中，置于书案。当我写下这些文字时，抬头，满眼便是花。

甜酒汁，是父亲酿造的。几年前，我去广西旅游，回家带了一瓶当地的甜酒汁。从那之后，父亲便认定我是喜欢喝甜酒汁的，时常买来酒曲、糯米，隔一段时间便酿一小罐。甜酒熟透了，父亲过滤酒糟，将清亮微黄的酒汁用透明的瓶子装着，供我品用。

父亲默默地为我做着很多事情，不说什么，他想说的，都在那花香酒韵里了。

我们这一个大家庭，曾经想说的，都在那厚厚一大沓老家书里了。

这些20多年来的家书，是一罐岁月的陈酿。那是我们一家子不经意间酝酿的。有我们三兄妹外出求学寄给父母的思念，有父母从家乡发给我们的叮嘱，有我们兄妹之间分享喜悦的诉说。

它们曾被置于一个不起眼的角落，积着厚厚的岁月的尘。数年来，我们数次搬家，每搬一次家，便是与过去的一次挥别，挥别老的物件、老的环境、老的故人。

能留下的实在是有限，那一包紧紧包裹着的书信留下了。它们占不了多大地方，却涵盖了太长的时光。

我想将那些时光续接起来。于是，从前年起，我开始整理这些老家书。

这真是一件浩大的家族文化工程。几百封家书，近百万文字。许多个周末，我便以书信里的时间为坐标，一个点一个点地去寻访。

这样的寻访，让我时常有些恍惚。那些文字里提到的故事，是真的发生过吗？一些被我留在过去的人，他们的现在怎么和我没有了一点交集，陌生得仿佛不曾见过？

我所能记住的事情，实在是太有限了，更多的便是无限的遗忘空间。幸好，有过去的文字，替我填补这部分的空白。

许多个周末，我都将自己关在小屋里，随着那一封封信，搭一架记忆的木梯，一个台阶一个台阶往上，一个日子一个日子走过，在岁月更高的枝头，采摘过去的那片片叶子。

没有人会在意，那些枝头究竟长过什么样的叶片，开过什么样的花朵，但是我在意。因为，那是属于我的生命之树。

沿着那些书信的指引，顺着时光木梯往上攀爬，我便会遇见过去的自己。

遇见了，我该对她说句什么？

我曾设想过许多答案，但是，似乎都不太让我满意。就像如今的我，不太让过去的她满意一样。

我知道，我并没有成为她曾经希望过的样子。这是没有办法的事情，理想版本中的自己，总是远远超过现实中的自己。

今天，闻着花香，品着甜酒，我突然找到了一句喜欢的话。

那就对她说了吧——

瞧，一切静好。

写于 2020 年 4 月 25 日

光阴的礼物

姐姐的生日快到了，该送什么礼物给她？

想不出来，她缺少什么。也许，在这个物质丰富的时代，我们什么都不缺，唯独缺少的，便是过去的时光以及一个再也回不来的自己。

因为，那些光阴，已经失去；那个自己，已经走远。

它们都去了哪里？我以为它们都已经无迹可寻的时候，却惊讶地发现，我们曾在多年前，于无意间给它们找到了一个寄存的地方。多年后，拿着钥匙，拧开门锁，惊讶地发现，原来它们还在那里。

是啊，它们都在那里，夹在30年前的家书里，以文字的方式与我相遇。

它们，何止是平平淡淡的文字，更是一串串的日子，与一个个在日子里逐渐改变着模样的自己。

翻看那些家书，亲爱的姐姐，我看见了你我过去的样子！

这些，你还记得吗？

1992年，你考上大学。我没有礼物相送，将一粒衣服扣子剪了下来，悄悄放在你的行李箱。那是一枚蛋黄色的小贝壳，我曾将它当成扣子缀在衣服上。到了长沙，你发现了小小的贝壳和一张字条，感动地将贝壳挂在小床上。你说，从那以后，你便能在夜里聆听到我的歌声，因为我就藏在那枚贝壳里，像个海螺姑娘那样，陪伴着你。

1993年，长沙的冬天很冷，有风有雪。看着窗外的风雪，你担心瘦小的我抵挡不住严寒，便将好朋友龚小平送给你的白色围巾寄给了我，并叮嘱我“天冷骑自行车时更要小心谨慎，不要让哥哥和我放心不下”。那条围巾，如柔软而有力的双臂，焐热了我多少个冬季。

1994年，元旦快到了，你找不出好的礼物送给我，便寄来一首诗《两个拇指的故事》：“今夜的月美成一幅绝妙的风景 / 有两个女孩，相隔成地图上找不到的两点 / 都把目光紧紧锁向天宇 / 结合成两条凝固的直线 / 于是月亮上便有了爆裂的黑影 / 我说思念不该如此震慑和威力 / 它该如小溪清风 / 如我们远远相隔的眼睛与眼睛……”你为最爱的小妹作诗一首，以寄相思。那份浓长的情谊，一直在岁月里生长……

那时，我们没有钱去购买贵重的礼物，有时是一首诗，有时是一张卡，有时是一本书，有时是一个问候。简简单单，却植在彼此的心里，如树生发。

一年年过去了，我们曾以为那些礼物，以及礼物背后承载着光阴，都已经如被风吹落的叶片，被岁月的扫帚一把扫去，不留痕迹，却发现，它们还在，保存着过去曾有过的光泽，片片碧绿如新。

树在，根在，记忆的叶片才有所依附。

一封封的家书，便是我们植下的一棵棵记忆的树。树上，挂满光阴的故事。

我摘下其中的几片树叶——那是你在多年前写下的近20万字的书信。瞧，我都整理出来了，以时间为顺序。

在你的生日那天，我寄给你，一并寄出的，还有你保存在我这里的光阴与自己。

你喜欢吗？请签收了吧。

写于2020年5月7日

绿月饼

记忆的抽屉里，有一枚绿月饼，吃不下，忘不了。

那是一枚发霉的月饼。是外公一年年留给我的。

那时，我还在外地读大学。哥哥姐姐已经大学毕业，落户广东。到了中秋节，他们便会寄来一盒盒精美的广式月饼。

在家乡的外公，总会留下一枚月饼。家里没有冰箱，外公便用纸包了一层又一层，再套在塑料袋中。他以为这样，便可以将香味与新鲜锁在里面。

等到我放寒假回家，他兴高采烈地将私藏了好几个月的宝贝拿出来，一层层揭开包装，他要和我分享我曾缺席了的中秋。

外公哪里会想到，细菌会从他看不见的缝隙里爬进塑料袋、钻进包装纸。那枚他一直舍不得吃的月饼，已经发霉变绿。

我有些埋怨，埋怨外公浪费了这么好一个月饼。他看着我，又看看月饼，失望地流出泪来。他责备自己辜负了我的期待。

那时，我并不清楚，他是怀着一份多长的等待，一天天算着我的归期。

等待有多长多苦，我如同揭开谜底一般揭开月饼的包装纸后他的失望就有多长多苦。可是，我那时不懂，还批评外公放坏了那么一个好中秋。

让我不能理解的是，来年的中秋时节，固执的外公又会留一枚月饼给我。

那时的我，真的不懂啊，不懂一个老人将多少爱与期待，放进了那枚小小的月饼里。

如果，时光可以倒流，那年的我，捧着那枚绿月饼，会开心地对他说声谢谢，外公便不会流出失望的泪水来。

只是，外公的那滴泪水，一直就那样挂着，挂着，在我记忆的画卷上，一直挂着。

10多年了，我早已经——没有机会——为他擦去。

写于2020年中秋节

味道

进入腊月，父母又在家腌制腊货。小小的阳台，成了菜品展示台。架子上挂着腊肉，台子上晒着咸菜，篓子里凉着洋姜。

仿佛没有那些腊菜，这个腊月便不叫腊月了。

近日来，总是雨，菜难以晒干。阳台上，一把电风扇便日夜吹着。父母赶着急，要将家乡的味寄到深圳去。那里有他们的孩儿。

远在深圳的哥哥姐姐，早已入乡随俗，口味变得清淡，并不爱那满口的腊味，但是，对于父母亲手调制的味道，总是眷恋着。

其实，眷恋着的，哪是那一块块腊肉腊鱼呢？而是藏在这腊味里的、浓得化不开的儿时的滋味。

这是一种很神奇的味觉，品尝到的，并不是菜里的咸与淡，而是人情里的爱与暖。

收到腊菜的当天，哥哥姐姐便迫不及待地取出一些，或是爆炒，或是炖着，并热热闹闹在家庭的微信群里晒着菜品。

一道道菜，冒着热气，香味满屏，久久不散。

隔着屏幕，看着那些菜，父母便安心了。

人到中年的我们，是幸福的。

因为，父母在，父母亲手调制的味道在，便觉自己——依然是孩子。

写于 2021 年 1 月 25 日

风筝

妹妹从老家回来，捎来老家的青菜。

一大袋子，提在手里沉沉的。我却健步如飞，兴奋地提上楼来。

这是老家土壤里长出来的菜，任别处的土壤如何肥沃，都长不出家的味道来。

母亲打开袋子，扑鼻而来的老家的味道，让她忍不住感叹：真好啊，真好。

年夜饭，就得用上它。

年的味道，不就是老家的味道吗？

父母的老家在如东，那里也是我们几兄妹生命出发的地方。

爷爷去世，奶奶进城，老家的一砖一瓦便都变卖了。

我们都已经离家多年。

好几年前，堂姐家娶儿媳妇，我们回老家，父母还曾故地寻访，带着我们去看出生地。

只是，几十年的光景里，变化太快，人的容颜如此，老家的面貌亦是这般。

我所能记住的，还是老家在我儿时刻下的样子。沿着一条土堤往下，见一汪水塘，紧靠水塘旁的那间木板房，便是我们的老宅。

如今，一切都变了，土堤不见了，水塘不见了，宅子不见了。

也许，老家所能记住的，也是几十年前的那个小女孩的样子吧。

我们都把过去记得太牢了，便记不住如今的样子。我们之间，彼此都感到陌生起来。

但是，一根无形的脐带，却依然将我们与老家牵着。

脚步不常至，心却时常飘回去看看。心如风筝，挂在老家的某棵大树上，风起，情动，心便回来了。

那棵大树，也许就是大伯家挂满枣子的树，也许就是亮伯家缀满柚子的树，也许就是老家后山举着鸟巢的树……

在那些树下，一个小女孩，曾举头仰望，一次次，一年年。直到父母牵着她的手，走出村子，走向别处。

临走前，她并不知道，她的心就是从那时起，变成了风筝。

写于 2021 年 2 月 11 日

家藏的味

春分时节，父母正在厨房里做美食。自己压的面皮，自己调的肉馅，自己包的春卷。

春卷，光听这名字，就让我无限遐想。

三月的暖阳，不寒的柳风，润泽的丝雨，都是春天的馅。将它们一一包进去，卷起来，满嘴便都是春天的味道了吧。

仅仅只是这样一想，我的唇齿边便满是春意了。

父母说："春卷是喜之郎爱吃的。"

喜之郎，是我的孩儿。但是，他似乎不太懂春天的味道是什么，更不太懂亲人亲手调制而出的美食的味道。

这种味道，除了食材的味，更有爱的味。这种味，是世间再优秀的烹饪师都调制不出来的，是专属，是特制，是家藏。

孩子太喜欢点外卖了。他喜欢那种过

于香、过于浓的味道。这种味道，能瞬间唤醒味觉，似乎也能瞬间让味觉迷失方向。分辨不出食材的原味，分辨不出烹饪者的面孔。一切都是混合的、浓郁的、混沌的。人便在糊里糊涂中，饱食了一餐。

有不少味道，是需要时间去调制的。

没有离家的经历，便尝不出乡愁的味道。

没有分别的体验，便尝不出思念的味道。

时间，是酵母，能酝酿、发酵出一种特殊的味。

要让喜之郎懂这种味道，还需要时间。也许，当他外出求学，想家的时候，他便懂了吧。

写于 2021 年 3 月 21 日

生命河

（一）

城市总是临水而建。家园的故事，便时常与河流有关。

幼年时期，家便在一个堰塘旁。

堰塘，只是一汪浅浅的水洼而已。人工掘土，雨水滋养，水低成塘。它还算不上河流，但是，却是我记忆之河的重要起源。

我出生在堰塘旁的那栋老宅里。堰塘的水，给了我们滋养。母亲淘米煮饭，靠它；奶奶汲水浇灌，靠它；我吃的喝的，都靠它。

3 岁时，我离开了老宅，来到一个全然陌生的城市，远离了那汪堰塘的水。

一年年归去，一年年投入它的怀抱，宛如投入生命里最初的摇篮。

我一年年长大，堰塘一年年变老。不知那些水都渗到哪里去了，不知道那些乡亲们都飘到哪里去了，整个村子似乎变老了，没有人打理它。

堰塘干涸了，枯枯的河床，安顿着整个村子的睡眠。

是呀，整个村子，似乎都睡着了。它太需要有年轻的生命将它唤醒，让它沸腾。

只是，越来越多的年轻生命，选择了远方，如我的父母，带走我一样。

堰塘带不走，它只得留下。

留下，如不少老宅一样，如不少老宅里的老人们一样，留着留着，便留老了。

（二）

3 岁后，我的生命遇见了另外一条河，县城的护城河。

它远比老家的那方堰塘浩瀚。我的不少记忆，都在那条河边埋下种子，长成藤蔓，爬满心壁。

无论是兰江公园内那栋 3 层楼的集体宿舍，还是洗墨池旁那栋 2 层楼的私人住宅，都是临水的，而且是临同一条河。

沿着河堤，河在流动，我在行走。我们都有各自的征途。

多少个日日夜夜，求学的我，沿着护城河岸，来来回回。护城河，是我生命里重要的蓝色墨水河，它以着看不见的缕缕文脉，为我洗涤。

护城河旁，有一弯老城墙。城墙内，是县一中。县一中所在地，是千年书院——澧阳书院。

澧阳书院，“数年来，采芹藻、登贤书者，济济相绎，几于希风岳麓矣。”可见，以前，它不逊色于岳麓书院。

只是可惜，澧阳书院不存片瓦。

护城河旁，还有澧州文庙，文庙内有一方洗墨池。相传，那里便曾是范仲淹临池洗墨所在。如今，池上还架有一弯状元桥。

这些无形与有形的文脉，让少年的我，有一种说不出的感动。

填写家庭住址，每每写到“洗墨池”，笔便行走得十分端正、庄重；每每与人说起这个名号，唇齿间都满是敬畏与自豪。

3 岁的记忆，是极浅的，浅如老家的那方堰塘，一不留神，回头去看时，便不见什么痕迹了。

护城河边的记忆，却不一样。尽管，在这条河边，我只生活了 10 多年光景，但是，它却在我生命里日夜流淌。

（三）

穿紫河，是常德城一条奔流千年的古运河。它的名字取自唐代被贬常德做司马的刘禹锡的《采菱行》：“白马湖平秋日光，紫菱如锦彩鸳翔。”由诗中“紫菱”而得穿紫河名。

河街，曾是常德城一条蜿蜒百年的古街巷。嘉庆《常德府志》记载：常德沅江岸边，一边是水，一边城墙，从东门到大西门，绵延数里长的繁华河街，是为大河街、小河街、麻阳街。

一湾紫菱如锦的穿紫河，一条有故事的常德河街，就这样相伴相生，如同一本线装书，共同写着老常德人的乡愁。

常德河街，曾在作家沈从文的笔端蜿蜒，他的作品中，时常流露出他对常德的河街、常德的船以及风土人情的喜欢。

常德河街，曾在画家黄永玉的画笔停留。他曾出生在河街，成名后的黄永玉在长沙办画展时，在一张国画上深情地写下："我出生于常德。"

常德河街，何止是沈从文、黄永玉割舍不断的情缘，也是常德人心里抹不去的乡愁。

2015年，常德将老常德人记忆中的老街，从沅水边"搬迁"至穿紫河畔，为常德人记忆乡愁寻找到一个载体。

重生的河街，吊脚楼、青砖瓦、麻石路面，从黄永玉的记忆里复活；大河街、小河街、麻阳街，从沈从文的文字里走出；糖油粑粑、麻糖酥糕、桂花酥糖，从老常德人的味蕾里苏醒；汉剧高腔、常德丝弦、澧州花鼓，从新常德的街巷里唱响；麻制画、桃源根雕、桃源刺绣，从仿古的楼阁里鲜活灵动……常德古城的历史，在千年流淌的河水中被传承。

穿紫河，是我生命中第三条重要的河。家在穿紫河畔，我时常沿着河流行走，或过廊亭，或遇戏台，或聆听刘海砍樵的传说，或邂逅车萤囊萤的故事，或阅读寻菱七里的典故……河街，犹如一本翻开的书籍，展示着它厚重的文化与灵动的形态。

我如一支笔，吸着穿紫河的文墨，将穿紫河这本线装大书里的乡愁，写给更多的人。

有人说，世界上所有的河流都会相遇。或化为雨，或化为云，或化为雾，在某个地方遇见。

今晚，在常德的穿紫河畔，写着关于河流的记忆。我想，我的那方浅浅窄窄的堰塘水，我的那条浩浩荡荡的护城河，它们——一定来过。

写于 2021 年 3 月 22 日

逆流而上

早上，翻阅报纸，看见母校的图片消息——一群穿着白衣黑裙的女生洋溢着青春活力。我赶紧拍摄下来，发给昔日的老师。

昔日的老师，如今的校长。他告诉我，那是高三毕业生前几天拍摄的。

看到“毕业”这个词，我的心里涌出不少的感触来。

一旦毕业，再回母校，我们就成——客人。

再熟悉的教室，再熟悉的课桌，再熟悉的床铺，都不再属于我。

我记得学校的一草一木，学校的一草一木却记不住我。

更何况，母校已迁新址，除了校名，除了那些我认识的教师，一切都是崭新的，都是陌生的。

即使那样，我还是会一次次选择回

去，回到旧址。

回去，寻亲——寻访久违了的自己。她们生活在不同的年龄阶段，知道我会往回走，便都等在原地。

那时，我便静静地走一走曾经奔跑的操场，看一看曾经打乒乓球的水泥台。或是坐在台阶上，任夕阳拉长我的身影，任光阴缩短我与往事的距离。

很是奇怪的感觉，脚步触摸那方土地，鼻翼感知过去的气息，一些记忆便会被激活，如笋子般，纷纷从岁月的土壤里冒出来。

一些画面，也似乎只有重回它曾经上演的地方，才会被记起。

母校，对于我而言，是承载乡愁的兰舟，带着我在光阴之河，逆流而上。

逆流而上，那些分散的人，如飘远的蒲公英，又重新回来，聚成伞的模样。

逆流而上，那些光影，犹如录像倒带，重归最初的样子——不曾毕业，不曾离去。

她坐在高62班的教室，或是初41班的教室，还是那个扎着马尾的丫头，写着诗，做着梦，做着一个——关于未来的梦。

二三十年后，我将未来带来了，却不知道，是不是她梦想的样子。

我见过去的她，满眼欢喜。她见未来的我，是否满意？

写于2021年5月6日

归去？来兮？

带着他们，去老街寻找老味道。

只是，他们已经改变了口味。那些甜的糖油粑粑、辣的肉条豆角、咸的坛子腌菜，已经不再是他们所喜欢的。

离家的孩子，是一根根被移栽的树。包裹着根部的有限土壤，是树带在身边的点点乡愁。树要更好地生长，得从乡愁中挣脱出来，将根扎进去，让自己与异乡的土壤融为一体。

离家多年的他们，已经成长为异乡的一棵棵树，在那里生发、开花、结籽。

所结的籽，落在那方土壤里。那方土壤，便成了他们孩子们的心灵原乡。

老家，仿佛成了一道风景，一道精彩于记忆相册里的风景，适合偶尔过来看看，做短暂的停留，然后——归去。

归于他们已经熟悉的异乡，归于他们已经习惯的口味。

归去来兮，归于何处？又来自何处？

移栽的树，离家的人，其实，没了故乡，又似乎——处处故乡。

写于 2021 年 6 月 19 日

记住乡愁

今夜，我在故乡，读一卷《记住乡愁》。

踏在老家的那片土地上，才会更懂它。

脚步，一次次亲吻故土。每一次亲吻，都是一次激活。

激活记忆，激活乡情。

那一枚枚脚印，又何尝不是一枚枚文字呢？它们是写在“故乡”这天地间动情的书卷里的文字。

每一个归乡的人，都是诗人。

他们在用脚印写着一首关于乡愁的诗了。

写于 2021 年 10 月 28 日

回『家』

（一）

哥哥回了一趟老家，将曾经住过的宅子寻了一遍，并拍下照片，一张张发给我。

我不知道他是怎样做到的。几十年的光景改变了很多，整个县城都变了模样，老的街巷，老的位置，老的邻居，都改变了。

我曾找寻过，比如小学居住过的棚场街的那栋宅子，比如初中时居住的城郊中学旁的那栋小楼，却一直没有找到。在纵横的街道里，我迷失在记忆的地图中。

没有谁会在意我们记忆里的那些家园，除了我们自己。

哥哥心中的乡愁，应该更浓。因为，他所在的城市，离故土有数千里。

跨越千里，他来寻记忆里的家。

他怕我看不分明，每张图片上都标注着文字。这些文字成了指引我回家的坐标。

母亲笑着说："还找它们干什么？"却又戴上老花镜，一张张认真地辨认起来。

随着那些文字与图片，我们一起——回家。

（二）

兰江公园的那栋3层小楼已经拆了。闭上眼，我似乎就坐在第3层楼的长廊里。

家里没有厨房，长廊既是通道，又是厨房。

父母在长廊里生火做饭，我时常搬把凳子在长廊里遐想。

站在长廊上，可以看见楼下一年年生长的枇杷树，可以看见10米开外的茶馆，以及与茶馆共一堵墙的戏院。

茶馆总是热闹的，一天到晚人来人往。一杯茶，一碟瓜子，一锣一鼓，便是一整天。

戏台亦是如此，戏台子来了又去，走马灯般。一些唱戏的人，比我大不了几岁，还是孩子。他们住在我们那栋楼的地下室，早晚练功，舞枪弄刀，身上挂彩是常有的事。

我们几兄妹和戏班子里的人熟络后，他们会将我们带到后台，看他们调眉包头，听他们唱念做打。我们会将家里少有的零食带过去，一把花生，几个橘子，几颗枇杷，解他们的馋。

搬离兰江公园时，茶馆、戏院都还繁盛着，日日笙歌飘，夜夜水袖舞。

舞台上的生末净旦，生活中的柴米油盐；戏剧里的繁华，戏剧外的艰难，都那么真实地呈现在我的眼前，让幼年的我似懂非懂。

（三）

离开公园，我们来到了棚场街。

那里有一栋5层的高楼，是当时县城里少有的高层住宅。

楼下是菜市场，一个棚一个棚连成一片；路面上，一个地摊一个地摊接在一起。

附近的农民、商贩，以棚为家，以场为业，以街为市。大概“棚场街”就因此而得名吧。

楼下住着一对老夫妻，我似乎很少看清他们的模样。楼下很黑，白天行走，都如行夜里。我上学、放学，下楼、上楼，时常看见的，是他们的身影。

他们贩卖水果为生，贩卖得最多的，似乎就是柿子。一大袋一大袋的生柿子，堆放在黑黑的走廊上。柿子需放很长一段时间才能放软。

即使短时间售不出，柿子也不会有太大耗损。

那对老夫妻，时常在黑黑的走廊上码货，或者运货。我记不清他们的样子，也许，我们曾是面对面见过的，只是太黑，他们留在我心里的，便是一直在忙碌的黑黑的背影。

二楼一户人家，请了一个小保姆。小保姆与我那时的年纪相仿，也许比我大一点。

替住户照顾小婴孩，洗衣，做饭。还处于一个需要人照顾的年纪，她却开始担起大人们的责任了。

我忘记她叫什么名字了，那时，肯定是知道的。她留在我记忆深处的，却是她与年纪不相符的身份——保姆身份。

她总是忙碌着，总是羡慕我们这些能上学的孩子。

那时，孩子的心，总是透亮的，单纯，晶莹，我们并没有因为“小保姆”这个身份而远离她，反而对她更多了份亲近。

年少的我，不懂怜悯。怜悯，是居高临下的善良。我们懂的，很简单，她是孩子，我也是孩子，我们是一样的。

我还曾带着她，来到表姐经营的照相馆，拍摄了一张合影。

照片一直还在。

我心里的那份无须仰望与俯视的情感，也一直都在。

原来，在一间只有自己知道的屋子里，那些人，那些事，那些年少时单纯美好的情感，一直都在那里。

突然明白，房子，只是身体的栖息之处，而心，是我们永远也不能迷失方向的——家园。

写于 2021 年 11 月 23 日

已把异乡当故乡

每个人，都是一本故事书。本本都各有精彩。

更多人的故事，如这路上遇见的擦肩而过，或者如这大千世界里永难相见的人一样，我们无缘去读。

遇见了，就好好读吧。

在桃花源，我无意间翻开了这样一本书。

夏大姐经营着高家豆腐店，以传统的手工工艺制作豆腐，保存着人们记忆深处的缕缕乡愁。

起初，我们都互不在意，她卖着豆腐脑，我品尝着。我们相隔很近，其实很远。

听她是异乡口音，我随口问了一句是哪里人。

这个问题，拉近了我们的距离。

“我，到底是哪里人？”对于夏大姐

而言，这个问题，曾在她生命的不同阶段有过不同的答案。

在她刚学会走路不久，就跟随父母前往甘肃。

父母扎根在了戈壁沙漠，和许多支援边区建设的有为青年一样，把青春、健康都留在了那里。

夏大姐生于桃花源里，长于戈壁沙漠。

多年后，夏大姐的女儿来到桃花源工作，成了一名护士。

女儿在哪里，家就迁到哪里。几年前，夏大姐夫妇俩跟随女儿，回到她曾经的故乡。

此时的她，语言已经深深打上甘肃的烙印，连生活习惯，连情感牵挂，都是如此。

回到故乡的她，心里却还住着另外一个故乡——她父母还在居住着的故乡，她长于斯的故乡。

在桃花源，她不时地向我介绍着甘肃的变化，给我展示手机里保存着的甘肃景致，给我介绍父辈以及他们这一辈在镍矿工厂工作的奋斗经历。

我认真地看着，听着，好奇地问她：“到底哪里是第一故乡？”

也许，这个问题，曾经困扰过她吧，让她在许多年的时光里才终于想明白了这个问题。

年过五旬的她，没有再迟疑：“这里，是我的第二故乡。”

这里，是——桃花源。

我突然明白，为何站立于故乡的土地，她还是那么心系远方的故乡，并骄傲地向我展示着甘肃的变化，那是因为——那里的变化，有她的父辈以及她这一辈，付出的青春。

写于2022年2月5日

第二章

人未老 便是春天

我们是等待岁月镰刀收割的行走的稻穗。岁月，一刀一刀收割着我们旁枝侧叶的幻想，收割着冒着芽尖儿的好奇。年复一年，我们便成了大人的样子，如同相似的稻茬，硬邦邦、光秃秃地站在那里。

也许，会有一些稻子，躲过那一镰刀的收割，被留在田里，任它就那么一直长着，叶片上缀着一些幻想，穗子里结着一些好奇，还像个孩子的样子。

袖底藏一缕阳光

在电脑前坐久了，走出玻璃门，望望窗外。

我的窗外，其实被一层宽大的玻璃墙隔断了。

没有自由透气的门与窗，房子便无法自由呼吸。

刚来时，我曾四处找寻，想推开一扇窗，探出头去，让新鲜的风灌满我的肺。

找来找去，我只得走出整栋建筑，沐浴在天宇之下，贪婪地深呼吸。

宽大的玻璃窗台上，摆放着几盆绿萝。无法自己移动的它们，其实也在以它的方式寻找着真实的阳光与真实的空气。

仔细看去，那些新生的藤萝，更愿意朝窗外的方向伸过去。如同伸出去的手，想抓住近在咫尺、却总也无法抓住的阳光。

这里宽大的玻璃窗，设计成一个倒挂

着的斜坡。如果是如山坡那样的斜坡，太阳的脚，还能一步步随着坡慢慢挪移进来，还能与窗台前的植物，有着那么一段时间的相遇。可是，倒挂着的斜坡啊，让阳光的脚无法停留。我们只能看着阳光跌碎在不远的地面上。

我似乎看穿了绿萝的心事。隔几天，便悄悄将绿萝移动一下位置，让另一面也能离太阳更近一点。

有时，站在户外，畅快地呼吸时，我张开双臂，将袖底灌满阳光与清风，扎紧，再赶紧跑回来，来到绿萝前，小心地敞开袖底。

没有人知道我和它之间的小小秘密。

写于2019年9月20日

收藏

（一）

我都快成一个家庭收藏家了。

我收藏着孩子一路走来留下的痕迹。

他还在我肚子里时，我为他写的第一本成长日记。

他出生 70 天时，给他剃头留下的第一缕如蚕丝的胎发。

他上幼儿园时，画的第一幅画。

他 6 岁时，掉落的第一颗乳牙。

他读小学时，背的第一个书包。

他读三年级时，学校开家长会，给我留在课桌上他写给我的第一封信。

还有他写过的第一本作文本，佩戴过的第一根红领巾，颁发的第一面奖状，他第一次独自远行、我悄悄塞在他的行李箱的信……

我将有趣的物件都收藏着。孩子笑我

是拾荒者。他现在还不懂那些物件的可贵性。因为，他还一直拥有着它们，不曾失去。

等到哪天他以为已经丢失、我却突然打开一个大宝箱，收藏的岁月，如美丽的蝴蝶飞出，他一定会惊喜于漫天的美。

（二）

这种惊喜，我有过。

无意间，我翻开了几只塑料袋，里面竟然放着几百封信件。年岁久远的，已经有 30 年历史。

有哥哥姐姐写的家信。有父母寄出的叮嘱。有我写的家书。有我们与同学之间互传的尺素。

有的信纸变得有些脆了，一翻动，纸角便碎成细末。我用透明胶，一一张贴好，就像拼接一段段零零碎碎的岁月蒙太奇。随后，又花费了一个多月的时间，将它们一张一张地装在透明的塑料薄膜里。

一封信接着一封信，一个镜头连着一个镜头，按照时间顺序排列开来，我在这些字里行间看见了一个家庭 30 年的变迁，也看见了一个国家 30 年的历程。

30 年间，一个家庭，与一个国家，同呼吸。

1992 年 9 月，全国大学生运动会在中南财经大学举行。哥哥在这所大学读书，亲历了大会盛况。

1998 年夏，以长江三角为圆心，中国境内诸多地方发生大水，30 多个省市告急，实属中华人民共和国成立以来最大洪涝灾害之一。我所在的大学对灾区学生进行救助。

1999北京时间5月8日，美国轰炸我国驻南斯拉夫大使馆。第二天，我跟随着学校的游行队伍，徒步前行三个多小时，抗议美国的暴行。

1999年12月20日，澳门回归，我举起右手庄严宣誓，加入中国共产党。

2000年全面停止了大学生包分配制度，实行双向选择、自主择业。我前往广东等地，参加人才交流会……

书信记录了不少时代大背景下一个家庭的小故事。

那些物件，曾是多么的不引人注意。曾被我随手放在哪个角落，一转头便忘记了它。

不停歇的时间，让一段段过去成了无可复制的永恒。

这份永恒，往往要等到多年之后，我们再回首，才会真正懂得它的珍贵与感动。

我会不断地记录当下的一个个难忘的瞬间。这些瞬间，也将在时光的洪流里，成为一个个过去式。

许多旧事，如同一棵树，默默刻写在根部的年轮。没人在意，但是它自己在意。

写于2019年10月3日

满眼写着欢喜

小院里，到了一年中最醉人的季节。

橘子树上的绿果，慢慢被秋风吹得显出了橙黄的颜色，不再如以前那样，藏在绿叶里看不见。

柚子树上的果实，饱满壮实，只不过还没有完全转黄，个个垂挂在枝头，将小小的叶挤在一边，骄傲得像个不懂事的孩子，好让人远远地便能看见。

桂花树的花朵，还很小很小，不仔细看还看不出淡黄或金黄的颜色，但是一缕缕浓得化不开的甜香，霸气地显示着花朵的存在。

以前，刚搬进这个小院时，我们的目光是挑剔的。似乎它唯一值得我们关注的，便是它距离学校近，免去了我接送孩子的奔忙。

刚来那一段时间，儿子对它也有着隔阂。他在柳岸人家的那个院落里安放了他美好的十几年光阴。轮胎座椅的秋千，盛开着几株睡莲的池塘，被他施过肥的开着大朵白色玉兰的“记者林”，还有那棵被他发现有鸟窝跌落的松树，还有他小心翼翼安放溺水的蝴蝶、等待开出蝴蝶花的花冢……太多的日子，都化为了一个个记号，被孩子留存在院落的各个角落。

这样的院落，他不得不暂别了。

在一个陌生的院落，他将把中学时代的时光安放。

这个陌生的院落，没有那么大的空旷场地容得了孩子们自由打闹、奔跑、踢球。来来去去的车辆，让原本就不宽敞的小路更显逼仄。

刚搬进来时，我的心，似乎也如那逼仄的小路，憋得慌。

直到一年后，我漫步在小院的角落，看见缀满果子的树，我才真正走进了这个院落。

在停车场的拐角处，一株桃花树，长得极不引人注意，叶片也似乎是病恹恹的，还枯了不少，我以为它是等不到花期了。结果，到了春天，它开出满枝满枝粉白色的桃花来，着实吓了我一跳。花瓣落后，还挂了一树大大小小的桃子。

小花园附近，远离路边的角落里，长着几株杨梅。以前，我并不认识它们，直到满地落果，酱红的果汁将路面染红，空气中弥漫着酸甜味，我才留意它们的存在。

几棵橘子树，临路而生。树下，靠近屋脚处，有人铺上了绿草皮，砌上了石椅石桌。有时，树下挂一张吊床。有时，草皮上摆一架藤椅。

春天，橘子树开出白色的花，花香清新。风一过，花朵扑簌扑簌地打落下来。橘子花，没有桃花瓣那般轻盈，而是厚厚的、沉沉的。落下来时，也不会如桃花雨那样飘飘洒洒，一朵花会被吹散成飞飞扬扬的好几瓣。橘子花，落下来，是整朵整朵的，打在地上还会发出声响。

掰开橘子花，里面会有绿豆大小的黄色花蕊，如没有长大的果实。到了金秋时节，橘子树便被金秋染成金黄。一枚枚果实，黄澄澄，金灿灿。树，如同长满了眼睛，骄傲地看着我们。

院子里的果实，很少有人采摘了吃。它们便一直挂着，直到熟透了，扑簌簌地落下。

在城里，一饱眼福，似乎比一饱口福更重要。

因为几棵树，我喜欢上了这个院落。

我把树的样子慢慢写下来。

花与果，是树的眼睛。叶，是树的耳朵。

我看树时，树以花、以果看我。我与树，满眼都写满欢喜。

我听风时，树也张开一片片叶的耳朵，听风，也听我。

此时，我醉在一年中小院最美的时节。推窗，果的甜与花的香，都一起跑了过来。那是树送给我的。

我写给树的文字，默默读给了风。树的耳朵，它们收到了吗？

写于 2019 年 10 月 5 日

纳进鞋垫里的时光

老家隔壁的张伯伯曾是一个裁缝。从澧县如东乡搬到城里后，我没有再见她踩过缝纫机。

她的大女儿经营着一家服装店。买的衣服比做的衣服要好看，而且价格更便宜。张伯伯的缝纫机便歇着了。

张伯伯却歇不下来。

买来彩色的丝线、绒布，坐在小院里纳鞋垫。

鞋垫是纳给她未来孙子的。其实，那时，他的儿子还没有结婚。

张伯伯的视力不好，戴着一副厚厚的近视眼镜。

我时常透过窗户见她，都是一幅靠着小院门、坐在小板凳上、低头纳鞋垫的画面。

她的头低得很厉害。丝线越细，绣出的图案才越细腻越有质感，而且踩在脚下，越不会咯着脚。她得低着头，仔细看清一针一线的走向才行。

那时，还没有十字绣。她需要在一块剪成形的鞋垫上先用铅笔勾勒出图案来，再沿着笔画，一针一针，用不同颜色的丝线将画面填满。

她不知疲倦地勾勒、穿针、引线。仿佛要将未来孙儿经历的一辈子光景，都化为一幅幅画卷，纳了进去。

幼儿用的鞋垫，绣着虎仔等瑞兽图案。

读小学时用的鞋垫，绣上“好好学习”等字样。

念中学了，该长身体了，绣上一头壮牛吧……

她不知道，那个小小的孩儿会长成什么模样。就像她每一次穿针、每一次引线，其实并不清楚纳在鞋垫上的画面到底会是什么样子。

孙子的到来，为孙儿准备的每一副鞋垫的诞生，都让她充满期待。

那时，未来孙儿的时光啊，如她手中的丝线，那么美，那么长。

她却没有想到，留在她手里的时光，却不多了，如一根丝线，突然被扯断。

张伯伯没有等到儿子成婚，便匆匆离开了。

那么一大叠的大大小小、长长短短、花色不一的鞋垫啊。

张伯伯将最后的时光，留给了一个梦，一个如她手中的鞋垫一样花色缤纷的梦。

当一双小小的脚丫，将一幅幅画卷踩在脚下，沿着他未曾谋面的奶奶一针一线绘制出来的蓝图，一步步长大，他会感知到那双手的温度吗？

写于 2019 年 10 月 10 日

麦田收割

（一）

我并没有到怀旧的年纪，为何总是会在夜里沿着曾走过的街巷，一遍遍地找寻过去？

现在正在发生的故事，似乎还太新鲜，就像一枚刚摘下来的柿子，还新鲜地硬着、涩着，需要放一放。放着，放着，它便慢慢具有了时间的芬芳与香甜。

我暂且把一个个“今天发生”的故事，默默地记在心里，等过一段时间，熟透了，我再用文字的镰刀去收割。

记忆的麦田里，已经有麦子熟过许多年了，还一直就那样挂着，等着我去收割。

趁着梦还站在远处，不来叩响我的心门，就着窗前的这盏台灯的光亮，将那块麦子收割了吧。

如果走得太远了，就用月光照个亮。

月光，会记得每块麦地的样子。因为，它曾在无数个夜里，照亮过它们。看见许多如我一样醒着的人，在麦地里栽下新鲜的故事，收割熟透的故事。

（二）

其实，每个人心里都有一块记忆的麦田。麦子成熟的时间不一。

有的麦子就那样一直挂着，挂着，等待着收割。时间太久了，麦子就那样挂在枝头老了，枯了，来年也不会发出新芽。

种下麦子的人，看来是真的彻底忘记了它们。

农民不会忘记自己栽下的任何一块麦田。到了适合的季节，他们便会去那块田里，或是除草，或是施肥，或是收割。他们会用劳作打理那块麦田，会舍不得让麦子就那么寂寞地生长。

我们却时常会忘记那块记忆的麦地。忘了播种，忘了收割。

一天一天过去了，一茬一茬的麦子没人打理。

那块田地，便荒废了。

写于 2019 年 10 月 11 日

等戏开场

初秋时节，有风起，但风不大；天转凉，但不冷。

外公，您只需套一件薄衫子。我牵着您出门，去河街走走。

您是澧水河岸长大的孩子，成年后，靠着澧水生活。您曾经工作的航运公司，就在澧水河畔。那里，曾是红极一时的津市货运码头。

您曾靠并不壮实的身体，扛起过一袋袋麻布货包。

外公，河街有一组雕塑，展示的便是挑夫弯腰肩挑手扛的场景。看着他们手臂爆出的青筋，我曾心疼，心疼您。

在农村当私塾先生的您，进城后，何以用您书生的身体背负得起那么沉的包袱？何以用拿过教鞭的手拖动您身后货满仓的板车？

您从不给我们说这些痛。记忆中的画

面，永远是您带给我们快乐。

有时，您带着我们，去津市大码头附近的望江楼吃一顿。那里的糖油粑粑、大肉包子、油煎锅饺的味道，一直留在我的唇角。

外公，我曾去望江楼找寻，只是忘了是哪年哪月，望江楼已经不存在了。那里筑起了一座桥。沿河的不少老建筑都不见了。在常德的河街，我看见了类似望江楼那样的翘檐小楼，那里也出售当年的美食，只是，我怎么也吃不出当年的味道。

有时，是您从口袋里掏出一把荸荠。荸荠很小，而且已经干枯，就像您伸向我们的那双日渐枯瘦的手。但枯荸荠的味儿很甜。我成年后，曾给我的孩子买过荸荠，果实大，削去红褐色的果皮，露出白色水润的果肉，咬一口，饱满的水分会从嘴角流出。只是，没有了当年您给我的那枚果实的嚼劲。原来，您给的，是一把浓缩高糖分的幸福，让我从儿时咀嚼到现在，唇角还留着那缕甜。

外公，知道您爱听戏，瞧，河街里有幢走马楼，古色古香，那里有民间艺人演出。我牵着您的手，一起去看看。门口有一个高台阶，我扶着您慢慢跨过去。戏台在走马楼大厅的中央。回廊四周的散客、楼上楼下包厢的嘉宾，边吃饭边能看得见戏台的演出。

咱们找一条老式的长条凳坐下，等戏开场。

外公，只是，我不知道，这出戏，何时还能开场。

您曾说，每个都在人生的戏台上，扮演着自己的角色，戏演完了，人也就散了。

您手中的那柄弓，何时还能再次在弦上拨出生命的音符？

只是啊，您与我永不相见，已经 15 年……

写于 2019 年 10 月 14 日

木头的耳朵

一段记忆，被遗忘在角落里。时间放久了，便会如一截木头，浑身长出木耳来。

木头不说话，但是它啥都听着，默默地记着。

木头会记住很多事，而且会记住很多年。

经历的事情太多了，木头也慢慢老了。它不希望那些被它记住的事情，终有一天会被人们彻底遗忘。于是，它长满一树的耳朵。

木耳，便是木头要说出的话，要唱出的歌。

可是，人们并不一定懂得聆听。一片片将木耳摘下，晒干。木耳枯枯的，蜷缩在一起。木耳里藏着的那些风月，那些流云，也会随之枯萎。

在通往过去的路上，那些长满耳朵的

木头，等着我。它们会告诉我许多事情。

我将耳朵凑近木耳。

嘘，我在听它说话。

写于 2019 年 10 月 16 日

桂花雨飞

我听见窗外似乎有人在唤我。

推开门，浓郁的桂花香便挤了进来。

原来，是风在唤我，唤我别错过这个桂花盛开的金秋。

母亲也收到风送来的礼物。我们一起出了门。她让我陪着去采摘几枝桂花。她要拿来制作一罐桂花蜜，或是酿一坛桂花甜酒。

坐在桂花树下，等不及吃母亲计划中的桂花蜜、桂花酒，我便已经醉了。

迷醉的我，被浓得化不开的香，轻轻托起。

是啊，我被风吹起了。风，被一丝丝一缕缕桂花香密密编织而成的风，就像吹起一朵小小的桂花一样，把我吹起。

我从一棵桂花树，飞到另一棵桂花树；从这个小院的桂花树，飞到别人家小院的桂花树；从今年的桂花，飞到去年或者更久远的桂花。

风，将我高高吹起。我看见了满城满城的桂花。

在一片片相似的桂花林里，我竟然准确地找出了多年前曾经采摘过的那树桂花。

那时，孩子还很小，我也十分年轻。我和孩子，都处于不同阶段的做梦的年纪。

我们坐在一棵桂花树下。

桂花树，应该有些历史了。树干并不高，但是粗壮有力。茂盛的树冠如一把撑开的大伞。

桂花大伞下，我和孩子撑开一把小伞，将伞倒过来放在桂花树下，我们等着一场桂花雨。

我们静静地等风来。风懂我们。

风，不会是那么猛地刮过来。它知道，这场雨，最美是微雨。

那天的整个午后，我们就这样坐在树下。托着腮，看着桂花一点点地飘下，如点点的星雨洒落。

孩子偎依在我身旁。他小小的身子，柔嫩如初绽的花蕾。他清澈的眼睛啊，装盛着整个世界的所有美好。

风也美，花也美，雨也美。

那场桂花雨啊，似乎不曾停下。

一场雨，接着另一场雨。

一季花，连着另一季花。

一场幸福，系着另一场幸福。

“妈，什么时候可以吃上您做的桂花蜜啊？”

“桂花都还没有摘呢。”

我们都笑了。

写于2019年10月18日

摘花

母亲借来一架人字梯，放在一株金桂树下。

我爬上梯子。满枝金黄的桂花就簇拥在鼻尖。

一根枝条上，缀满桂花。一团团，一簇簇。就像一群亲亲热热的孩子，围成一个圈，背靠着背，挤挤挨挨地坐着。

用手指在枝条上轻轻一刷，就像刷一树芝麻一样，星星点点的花朵便落了下来。

母亲正撑开一把伞，将伞倒过来，接飘落的桂花。

放一朵桂花在手心。

一根细细的花柄，举着四瓣小小的花片。犹如我们儿时玩过的那柄小小的风车，一根长长的塑料杆上插着三片或四片的叶儿。双手合着，将塑料杆在手心反复搓动，手一松开，风车便有了翅膀飞起来。

这小小的桂花，犹如一柄风车，在我

的指尖起飞。

落在伞中。落在梯上。落在发髻。落在草间。

不到半个小时，母亲撑开的伞，仿佛也变成了金黄色，盛着小朵小朵、大片大片的桂花。

母亲将采摘的桂花用清水冲洗，沥干，平铺在布上，晾晒在阳台上。她要用它们做一罐桂花蜜和小坛桂花糯米酒。

我搬把凳子，坐在阳台边，看一缕缕阳光穿过窗外的树叶，照进窗台，落在花瓣上。

那经过水的洗礼、聚集在一起的芳郁，经过阳光的蒸融，便慢慢消融成整个房间的温暖与香甜。

母亲用手轻轻铺开挤在一起的花瓣。阳光照着她，丝丝缕缕的发丝散发着金色的光，如她手中的金色花瓣一样柔，一样美。

我痴痴地看着，想好好地将这一幅画卷留存在心间。

桂花瓣会晒干，但生命中一帧帧简单而美好的画面，会一直鲜活，一直就那样盛开着，缀在我记忆的枝间，不凋不落。

写于 2019 年 10 月 21 日

酿秋

经过两天太阳的照射，桂花已经失水，变小，变枯，变成黄褐色。

花瓣缩成小小的一团，香味也似乎紧缩，被卷着的花瓣裹在小小的怀里。需要凑近了深深呼吸，才闻得见香味。

母亲似乎知道太阳何时要来，何时要走。她便早早地趁着太阳来的时候，将花采摘、晒干。阳光也被母亲收藏在了花瓣里，金黄金黄。

今天，气温便下降了，还有一场雨会来。清早，空气中便有了秋雨的潮润与凉意。这个天，不适合晒秋。

我们的秋，已经晒好了，接下来的，便是酿秋了。

母亲将一部分桂花放在蜂蜜里，搅拌成黏黏的膏。另一部分用密封罐存贮着，酿米酒、佐菜、泡茶。

一小罐桂花蜜，被母亲藏在了储存室。接下来的事情，就交给时间了。时间，会让花与蜜很好地相融。

蜜本就是花的魂。如今，花与花，只是以不同的形式相遇。它们究竟会带给我们怎样的惊喜？不知答案的我们，竟然如孩子一样，有了期待与好奇。

父亲将一点点晒干的桂花放在酒杯里。他用米酒的劲道，来唤醒桂花里藏着的秋。

我取了一点桂花放在茶杯中，冲泡上新烧开的水。热气氤氲，卷着的极小极小的花团，慢慢舒展成花瓣的模样，缕缕芬芳便从花瓣的怀抱里苏醒过来。

一个周末短短半个小时的采摘，留给我们的将是持续长久的等待与甜蜜。

幸福，原来是需要自己采摘与酝酿。

写于 2019 年 10 月 22 日

时间是针，脚步是线

（一）

一位 90 多岁的老人，坐长途车，走山路，回到曾经工作的地方。

那是一个藏于青山碧水间的水电站。老人曾把一个拓荒的年华留在了那里。

江水截流时，他和他的同事们曾奋战 5 个昼夜，人力束缚住脱缰的水流；他们让千百年来一直川流不息的水流，绽放出电的光束。

如今，他走了那么远的路，只为了看一眼存放自己青春的地方。也许，这将是他人生中最后一次的深情回望。

从青春年华走到耄耋之年，他始终带着心出发。

年轻时，心是向外的，它带着脚步迎着朝阳，一路向前。如奔流的河，跑向远方。

年老时，心开始向内，借助着夕阳的余晖，将放出去的脚步一点点地收回来。

他走过许多地方，念念不忘的，依然是那最苦的光景与土壤。

其实，百度一下，他便能见到水电站的面貌。水电站的文化墙内，还有不少老照片与新景象。将这些照片发送给老人，他便能清楚地回忆往昔与见证变迁。

不，这些都不够。老人坚持用脚步亲近那片土地，一步一步，将过去的时光再走一遍。

原来，时间是针，脚步是线，一针一线，才将零碎的记忆片段修补完整。

（二）

我重返 16 年前来过的老村寨。

在一个叫“芙蓉镇”的村寨里，沿着青石板，一步步踏寻我的足迹。

那里的青石板，不会记得我的脚步。

那么多人，那么多年，那么多的足迹，它怎么会一一记得清呢？青石板记不住太多的事情。

走过青石板的我，却会记得它。记得我曾经在哪里落过脚，在哪里走进哪家店。

我在那家老店里吃了一碗 16 年前吃过的米豆腐。那家老店，依然还是 16 年前的长条桌和椅。

在街角的这个拐弯处，也曾是有这样一个榨油粑粑的小摊。

飘散出来的香味，还是这个味。

青石板，顺着山势，一阶一阶向上延伸。

一个台阶一个台阶，我往上攀登。一行一行的诗句，我一句句念过去。

我们曾经以脚步为文字，在那些青石板上写下岁月的诗行。我们写过太多这样的诗句，写过了，便如同翻书一样，将那页翻过去了。那些足迹，那些风景，便折叠在了页码里。

剩下的事情，似乎便是时光的事情了，让文字泛黄，让照片模糊，让往事淡忘。

如今，我翻开了它。不等岁月将它改变得面目全非。

我喜欢每一次新的出发。因为陌生，每一个脚窝里写满的都会是新奇的文字。

我也喜欢静静地一次次回望过去，将曾经写在大地上的诗行收集起来。每一个脚窝里写满的是久别重逢的窃喜。

也许，很多人不知道，踏在过去的脚窝里，岁月会传递出一种神奇的力量，那是过去的一个我，与现在的一个我之间的叮咛。

他们之间的语言无声，只有他们懂。

90多岁的老人，便拄着拐杖，也要来重读一遍那些脚窝里的文字。那些地方，那些语言，只有他和他知道。

他不来，时间的针，便串不了脚步的线，修补不了零碎的记忆片段。那些画面，便永远残缺了。

写于2019年10月27日

树与藤

在一片已经荒废多年的院落里，一根细细的藤，紧紧地缠着一棵大树。

无意间，我寻着秋日里的暖阳，踏进了那方寂寞多时的土壤，看见了它们。

长长的藤条上，每隔两三厘米便伸出触角一样的须。须如吸盘，牢牢地吸住树干。靠着那些细小的触角，藤条一点点地往上攀爬。

我顺着藤条往上仰望，发现它竟然窜到了树顶。整棵树，包括稍大一点的分叉枝丫上，都缠着藤条。

藤条缀着绿色的小小叶片。叶片一圈圈地缠绕上去，整棵树像是缠绕着一条细长的绿丝带。

这条绿丝带，成了这棵树唯一的生命色泽。

是的，那是一棵不知何时便已经枯萎了的树。树叶已经全部掉光，余下枯枯的枝丫、枯枯的树干。

我伸手取下一根垂于低处的枝条。枝条早已失去水分，脆脆的一声响，断成两截。

这棵似乎已经失去了生命迹象的树，依然保持着站立的姿态，让藤顺着它的腰杆，它的臂弯，它的脖子，它的头颅，攀爬到树的最高处。

藤与树，缠了多少年呢？

树已经枯萎，藤还能迎来几轮春秋呢？

那枯瘦的树干内部，是不是还蓄积着生命有限的源泉，宁可自己枝条枯萎，也要为藤输送向上的生命力？

我站在树前，看阳光站在藤上，藤站在树上。

树与藤之间，究竟有何生命约定？使得藤依然眷念着这棵树，愿做它生命中最后的绿色？使得树依然甘愿做藤的支撑，拼了力给它当攀登的阶梯？

我不知道，在那个已经荒废多年的院落里，还藏着多少我不懂的生命密码与温情故事。

在一些我们所不知道的角落里，一定有许多我们所不知道的爱与暖。

我敬畏脚下的每一寸土地，敬畏每一个看似寻常却异常坚毅的生命。

写于 2019 年 10 月 31 日

一罐阳光

父亲酝酿的桂花米酒已经有了酒的劲道。母亲酿造的桂花蜜糖也有了花的芬芳。

我真是一个被宠坏了的孩子，他们愿意将时间与精力留给我，圆我一个桂花飘香时节的随口说出的浪漫梦想。

谁会把你说过的话默默放在心里？谁会将你的梦放进他们的梦里？谁会甘愿躲在你身后如影牵挂一生？

此时，我正坐在暖洋洋的周末里，一只杯子盛着父亲的爱，一只杯子装着母亲的心。那杯中荡漾着的暖阳啊，是我一辈子最暖的呵护。

我一小口一小口细品。我要将那丝丝的甘、缕缕的甜，都品出来。这般爱的滋味，我不能有着丝毫的浪费。

母亲笑着问我："瞧你这样儿，有那么好的味道吗？"

母亲哪里会知道，这酒这蜜啊，该会滋养我多少个春与秋。

我真愿，时光就这样停下来。我会一直是他们身边的大小孩，没有长大。他们也便不会老去，会在一个又一个接踵而至的秋季里，为我酝酿满灌桂花的记忆。

我腾出心灵的水晶瓶，把今年开过的那一树树桂花，把母亲攀爬过的那架木梯，把父亲轻轻碾碎的那枚酒曲，都装进瓶子里。我要存一罐浓香的陈酿。

待到母亲的腿脚爬不动那架木梯，待到父亲的手捻不碎那枚酒曲，便由我爬上那架老梯子，在记忆的高枝上，取下那罐陈酿，给父亲佐酒，并告诉他们，那年的一场桂花啊，迎来的该是最长的花期，瞧，花一直没有开败，还挂在我的心里。

写于 2019 年 11 月 2 日

夜的更深处，是不是就是梦？

夜里余下的安静时光，我推窗张望。

窗外，无数扇窗子点着灯。如一双双不眠的眼睛。

它们在望着谁？

我又在望着谁？

我与那些窗子，已经相互张望了数个岁月。在这个城市里，我们是熟悉的陌生人。

我们与许多人，都是这样的距离。亦远亦近，不远不近，时远时近。

我不认识住在楼下的那户人家。尽管我们的窗子隔得那么近，可以同一时间嗅到同一阵桂花香。

我们挂在窗外的衣物，有时会落在那户人家的晒台上。

被风吹落的衣物被那户人家拾起，然后挂在楼梯口的栏杆上，任人认领。

我曾低头看见有人在那家晒台上弯腰

捡拾。但是那人一直没有抬头。

我想主动打个招呼，风却将我的话吹进了肚里。

就这样，几年过去了。

前几天，我想着该敲开那扇门，说声谢谢，感谢这几年里他们的不厌其烦。

门开着，几个工人师傅止在装修。原来，这家刚换新屋主。

门开着，我却走不进去了。我与那户人家之间，便一直隔着一扇再也打不开的陌生的门。

夜里十一点多了。

窗外的灯，一盏盏地熄灭了。一些窗子，该是沉在黑夜里了。它们是不是闭着眼睛开始做梦了？

夜的更深处，是不是就是梦？

梦，是不是黑黑的，却又闪烁着看不见的明亮色泽？

躺在夜里的人，闭着眼睛做梦，却会在梦里看见许多。

关了窗，关了灯。

我的窗子，也要沉入夜的更深处了。

对面的某扇窗子，会不会发现，夜里，又熄灭了一盏盏明亮的灯，又少了一双双不眠的眼。

它们都该去梦里了。

我在梦里睁大眼睛，看一个个五彩的梦，从一扇扇熟悉而又陌生的窗子飞出。

那些梦啊，如一缕缕慢慢升腾起的光芒，彼此牵手、交汇。

它们，在梦里，不再——陌生。

写于 2019 年 11 月 6 日

田埂书写的命题

一块田，中间隔着一条田埂。

田埂的一边是稻子收割完毕后留下的一茬茬金黄稻梗，一边是正在蓄积力量生长的青绿牧草。

那些稻梗，宛如劳动了一年、在家好好安享日子的老者，躺在舒适的大地上，做着梦。那些牧草，则是正勃发着生机的孩子，正踮着脚尖长高。

它们都将迎来来年的春天。不过，它们的使命不再一样。

一根犁，一把锄，稻梗便被连根翻起，回田成肥。在它们曾经站过的地方，会再次生起一茬茬青苗、一束束稻穗、一季季丰收。

那片苜蓿草会在春天里高高举起紫色的花。紫色的花海，与天边的红霞、云里的轻纱一起，连成一片，成为春天无边无际的彩色画布。然后，它们会被收割，会被牛羊的胃消化。在被收割过的那盘老根上，不久又会长出新的叶片。就算老根被拔起，那落在泥土里的黄黑色草籽，依然会年年生发出新的生命。

我走过这条田埂，如同行走在一道大地书写的生命命题里。生命的尽头，原来是新生。

写于 2019 年 11 月 23 日

文字的鱼儿

坐在窗前。

窗外是层层叠叠的高楼，重重叠叠的夜灯。

楼与楼、灯与灯，在窗外的夜幕里，模糊了彼此的轮廓。

一直相信，一定在某个窗边，也有人如我，推开窗，将思绪放飞，任它在黑色的夜幕里，飞出一条五彩斑斓的轨迹。

我是如此喜欢这样的时刻。整个世界，既热闹又安静。

那一扇扇开着灯的窗，远远地望过去，如一个个“口”字。

窗子，原就是房子的嘴。它是藏不住话的，不经意间，便将房子里的秘密说了出去。

一扇窗，不点灯时，它便与夜的黑融在一起，变成了躲在暗处的耳朵，张大着，探听着其他窗子的呢喃私语。

它们在说些什么？又听到了什么？其实，都与我无关。我的思绪，定然不会停留在这近处的窗子。

思绪的翅膀，会飞过一扇扇窗、一幢幢楼。它朝更远的远处飞。

今晚，它扇动的翅膀会停歇在哪扇窗台呢？它又会给我捎来谁的消息呢？

是不是我们将过去的日子，都藏在了夜的更深处？

是不是那些难以相见的人，并未真正离开，他们只是被夜收藏了起来？到了夜里，他们会与梦一并放飞？

要不然，怎么会有那么多的陈年旧事，总是在夜里放着饵，等着我文字的鱼儿去咬钩？

写于 2019 年 12 月 11 日

梦的棉被

（一）

梦，是不是也有重量？

它会压着我们的眼，让我们无力支撑起它。于是，我们便闭了眼，梦便降临了。

那些逝去的人，是不是只是因为梦的重量太沉太沉，他们便沉在一个巨大的梦境里？一时难以醒来？

我真希望是这样的。如此，当我想起种植桃树的外公，想起送我玉米钢笔的爷爷，想起替未曾谋面的为孙儿纳鞋垫的伯伯，想起老家枫林寺那满山满坡的先祖，想起那些在文字里图片中邂逅过的历史的面孔，我便不再害怕，而是期待着哪天，记忆的春风将梦唤醒，任对他们的怀想，化为满山坡的春草蔓延。

（二）

天空，如一块硕大的棉田。一朵朵洁白的棉花正怒放。

谁在那天宇之间耕耘，收割?

人们说，逝去的人，会变成天上的星星。我想，那一定便是他们在打理着这块棉田吧。

一朵朵棉花，编织成梦的棉被。到了夜里，他们便会乘着梦的翅膀，带着温暖，悄悄降临。

我真希望是这样的。如此，那高处不胜的寒冷，那人世间藏着的悲伤，也便都有了取暖的方式。

写于 2019 年 12 月 12 日

什么是幸福

清早，赶七点钟的那趟公交车上班。

一些背着大书包、戴着红领巾的孩子，早已经在车厢里。

一个小男孩睡眼蒙眬，随着车厢的轻微晃动，他的头也轻微地前后摆着。慢慢地，他靠在了我的肩头，睡着了。

昨晚，也许他做了很久的题，也许踢了一段时间的球。这些都不重要，重要的是，我需要让他在一个陌生的肩头安享片刻的好梦。

车行至东方美景附近，一个老人挑着两大箩筐的货物上车。

箩筐很大，筐子里，用透明的塑料大袋子装着满满两袋红薯片。

老人担心上车耽搁了大家，用一根扁担挑着两个箩筐，想一次性地将它们全部搬上车。但是车门不宽，两个箩筐卡在门边，怎么也拖不进来。老人只得退后下了车，再将箩筐放下，取出扁担，一个个地将它们提上车。

老人一边上车，一边对司机道谢。

车门合上。老人坐下。他正坐在我的前面，戴着一顶绒帽子，白发从绒帽子里钻出来。

车厢里很静。我没有问老人话，但是他的衣着，他的白发，他取下粗糙毛线手套后那双比旧手套更粗糙的手，都无声地告诉着我答案。

没有答案的，只是这两箩筐的红薯片，是他自己油炸出来的，还是从别人那里进的货。不过，这不重要，对于他而言，重要的是将它们卖出去。卖出去了，他的口袋里才会有更多的“粮”。

老人在甘露寺站台下了车。那里有一个农贸大市场，不少农贸产品的销售都在那里进行。

司机静静地等他一箩筐一箩筐地提下车。

下了车，老人将扁担放在肩头，将沉沉的两大箩筐挑了起来。一并挑起的，也许还有一个家庭的负担与希望。

车继续向前。

我摇醒肩头的小男孩，问他在哪里下车，别坐过站了。沿途有两所小学，一所是甘露寺小学，一所是东升小学。

美梦惊醒，小男孩惊慌地看了看窗外：“哦，还没有到。吓死我了。”

红旗路口，我和小男孩都下了车。

路口的人行道上，已经早早地摆放着一辆板车，板车上堆放着众多的竹篾器，有小篓、菜篮、簸箕等。板车旁，一个老人正坐在小板凳上，低垂着头，编织着竹器。

我停下了脚步。老人戴着一顶棉帽子，帽子的两只耳搭护着耳朵。我看不见他的头发是否花白。他嘴角纯白色的胡须清晰可见。它们透露着他的年纪。

寒风中，老人露着两只手，编织着竹器。老人没有抬头看我、看来来往往的行人。

来来往往的行人中，有好几位如我一样，注意到了缩在一角编织的老人，注意到了老人那双布满伤口与老茧的手。

红旗路口，小男孩背着大大书包的背影逐渐远去，胡子花白的老人蜷缩在城市一角编织篾器的身影渐渐定格。在那一刻，在冬季已进小寒的时节里，我看见了人群的两端——少与老的累与忙。

孩子能拥有充满活力的童年，老人能安享没有负担的老年，我们才能自信地说，我们是幸福的。

写于 2020 年 1 月 9 日

余温有限，依然给你

人们似乎更在意的，只是八月十五那一天的月亮，其余时候的月亮，似乎都是寂寞的。

夜晚，沿着河街漫步，一轮明月寂寞地挂在天幕，印在水中。望过去，连婆娑的树影都不见了。树叶落尽，余下枯瘦的枝丫，伸向月亮。

枝丫上，凝结着冰水珠，如一轮轮小小的月悬挂着。

月光的寒，似乎在这样的冬夜更明显了。

不知，到底是月光的寒流淌，落入河中，让河水变冷；还是冬季河水的凉升腾，飘到月中，让月宫变寒。

世上的水，总会相遇。

如河水的月光，与如月光荡漾的河水，它们应该会相遇。冷，便彼此冷；暖，便共同暖。

行走在月与河之间的我，似乎是连接着它们之间的一滴小水珠。

我搓着手掌，将寒风中冻得有些冰凉的手反复搓热，伸向月亮，将手心的余温传递给它。它能收到吗?

我在月光下奔跑，用脚步搓热着河堤。两边的河堤是捂着河水的一双手，河堤热了，河水便会感知到这种热，并将热升腾给月。

我的余温很有限，不够我焐热整个冬天，但是，我依然愿意，分出一部分，给旷古寂寞的月。

写于 2020 年 1 月 12 日

懂得

房间里放着几盆绿萝，它们是可以自由呼吸的空气净化器。

窗内是刚建成不久的房间所特有的气息，窗外是正在一点点长高的新楼盘扬起的粉尘。

房间的窗子面北，任何一个角度，朝阳都无法照射进来。窗外的高楼相隔较近，将夕阳也遮挡住了。

没有新鲜的空气，没有煦暖的阳光，好几个房间的绿萝开始枯萎，耷拉着叶片。我们房间里的则长得郁郁葱葱。

看着它们，我心里的欢喜，亦如那绿萝新生出来的叶，闪烁着别样的光芒。

每隔几天，我将花钵从高台、窗户上搬下来，放在目光可以平视的地方，将泛黄的叶片扯下，看看是不是又有几片新叶子探出头来。再取来一杯水，手指放进杯中浸染，伸出来，便有了少量的水珠，迅速地在叶片间弹指，细小的水珠便点洒在叶片上，叶片便有了温润。

一片片叶子，便是绿萝长满的眼睛。

双目对视，不用再说什么，我们似乎都懂对方了。

它们一定是看见了我眼里的爱怜与欢喜，便铆足了劲，许我一个生机盎然的模样。

生命对生命的相惜与许诺，也许就是这样吧，再大的困难，再苦的环境，都不是问题，重要的是——彼此懂得。

写于 2020 年 1 月 17 日

天上的花灯

元宵节里闹花灯。

其实，一年四季轮回中迎来的第一轮满月，是这天里最美的花灯。

只不过，真正抬头仰望元宵月的人，并不多。

我也只是在拉窗帘、准备将夜色关在窗外时，突然发现窗外皎洁的满月。如一个美好而遥远的诺言，被谁静静地写在天幕上。

谁会将这个诺言采摘？

谁会把诺言挂在谁梦的枝间？

轻轻将窗子推开，月进来，冷冷的风也进来。

初春的天幕，没有真正暖起来，冬的孤冷还没有完全散去。

我裹着冬衣，静静站着，痴痴地望着天上的花灯。

写于2020年2月8日元宵节

墙

母亲举起相机，对准一树繁花下的我。

我掐花而笑，却笑不出来。

那一刻，我突然感到，母亲与我之间，隔着的，不是几步路的距离，而是一条岁月的河。

在河的两岸，我们望得见彼此的过去与未来。

父母，是站在我们与死亡之间的一堵墙。他们还在，我们便还是孩子，便还可以撒娇，还总觉得死亡离我们还很远。

默默地算着自己以及父母的年龄，突然感到那堵墙正在老去，而躲在墙后面的那个女孩，也已经慢慢站立成了一堵墙。

母亲的那堵墙啊，也曾迎春花怒放。墙上的花，每年都会发新芽，每年盛开的都是崭新的花。只是，那墙，却会一年年爬满如皱纹般的青苔。青苔的褶皱里，写着的，都是一天天老去的岁月。

每一个爱父母的孩子，都渴望着能有一双有力的手，拽住那些逃去如飞的岁月，让一切都能慢下来，我们便能慢慢长大，父母便能慢慢变老。

时光，慢不下来。

母亲行走的脚步却慢了下来。

与母亲同行，我可以随时停下来看看花、闻闻香，然后再快走几步便能轻松赶上她的步伐。

今天，走在母亲的身后，我的脚步突然慢了下来。

她的个头，什么时候变矮了？她的背，什么时候变弯了？她的发，什么时候变灰了？她什么时候，变得像一个孩子？

我加快步伐，跑在母亲的前头。

妈，从今天起，就让我站在您的面前，正式站成一堵墙吧！

写于 2020 年 2 月 19 日

父母的勇敢

（一）

老家曾有一条河，母亲记不清那条河到底有多宽。在她的记忆中，它十分浩瀚，人们望不到河的对岸。

河上没有桥，过河靠一艘小木船，或者步行围着河道绕上很长的一道弯。

那年，母亲正处于无知无畏的年纪。

她最要好的朋友叫明秀，明秀的外婆住在河对岸。

明秀约上母亲，想去看望河对岸的外婆。

两人来到河边，生产队的一艘小木船正搁浅在岸边。那是一艘负责打捞水草养猪、肥田的小木船。

两人跳上船，一人摇桨，一人撑起竹篙。

小木船一摇一晃，慢慢离开了岸。

河中央，满是绿油油的水草，那是猪爱吃的食物。

母亲撑着竹篙调整小木船的方向，往水草方向驶过去。

“我们搅点水草吧，回家的时候带上。”

竹篙、木浆便是搅草的工具，将它们伸进水草中，如同搅拌面条一样，将工具旋转几下，再提出水面，竹篙、木浆上便缠满了水草。

正忙碌着，天色突然大变，大风吹刮，河水变黑，一浪一浪拍击着小木船。

“我们赶紧划回去吧，外婆家去不了。”母亲撑起竹竿，将船掉头。

明秀点点头，加快速度划动双桨。

吹刮着的风牵扯着船，涌动着的浪晃动着船。

两人都不谙水性，谁也没有再说话，撑篙、划桨。

船摇晃得越来越厉害。母亲一使劲，将长长的竹篙一插到河底。探到河底的竹篙成了船的支点，船变得平稳了一些。

就这样，待船行驶一段距离后，母亲便将竹篙拔出来，再向前将竹篙插进河底。

船在风浪中，沿着水底一个个看不见的支点缓慢向前。

船，终于在暴雨来临之前靠了岸。

“妈，您那时怎么那么大的胆子。”

“那时小，不懂事啊，不知道什么叫危险。有了你们几个娃儿，胆子反而小了。”母亲笑着说。

我已经听懂了母亲的答案。

一个母亲的安危，不再仅仅属于她自己，更是属于她的孩子们。她安全了，才能庇护孩子们的安全。

（二）

父亲骑着自行车，4 岁的儿子坐在自行车的三角架上，小手扶着车把手，小脑袋靠着父亲的胸膛。

乡村小路上，微风稻香送爽。

上坡，下坡。

待车轮在下坡路段飞速旋转时，刹车突然失灵。

父亲有些慌了。

风，在耳边飞过的速度也随着车轮旋转的速度而加快。

父亲使劲地捏车把手的刹车，无效。他又伸直腿，想用脚点地来控制车速，可是腿部稍微一动，车便晃动起来。

父亲在处理这些时，儿子并不知道。

儿子柔柔的头发被吹得竖立起来，两边的稻田飞速地从耳边退后。

儿子欢呼起来，并大叫着："爸爸，加油，冲呀！"

他的一只小手离开车把手，兴奋地举了起来，仿佛在策马扬鞭，指挥着奔跑的战马。

听到儿子的欢呼声，父亲平静下来，双脚踏在踏板上，双手有力地握着车把手，任车飞速而又稳当地朝坡下冲去……

多年后，儿子长到了父亲的年纪。他问父亲："爸，说实话，您当时怕吗？"

父亲的头发有些花白了，他抿了一小口酒，笑着说："你说呢，那么高的一个坡，万一车辆失控，把你摔倒了怎么办？你都不怕，我就更加不能怕了。"

儿子听懂了父亲的答案。

一个父亲的安全，不再仅仅属于他自己，更是属于他的孩子。他更加勇敢了，才能更好地呵护孩子的勇气。

写于 2020 年 2 月 19 日

我爱三月，你便是三月

午后，在院子里散步。

一株茶树，落满花朵。一朵朵完完整整地从枝间落下，睡在绿草地上。

花，就这样落下了。也许，一把长扫帚会像扫走一片落叶、一朵残花、一张纸屑那样，扫走一朵还异常艳丽的花。

在过去的多少多少个春季里，我也曾见过茶花的，也曾拾起过它的花朵的，只是，那时的我啊，还太稚嫩，心灵的容器还太浅，盛不下那些落红，装不下那些春季。

原来，很多事情，说不清的，道不明的，都是时间在默默教会答案。

走得太急的时候，我们懂得了停下脚步，听听自己内心的声音。这是时间告诉我们的。

春来春去的时候，我们懂得了应该好好珍惜，也需好好告别。这也是时间告诉我们的。

我轻轻蹲下身来，一朵朵拾起。时间也变得缓慢起来，它在等我。

每个人拥有时间流淌的速度，是不同的。有时，时间会放慢脚步，那时，仿佛时光也被延长了。有时，时间会瞬间跑远，仿佛那些年那些月被一双手前后压缩了一样。

这个道理，我也是在最近几年才懂的。

蹲下身来，轻轻改变落花曾经无序的排列，排列出“我爱三月”的字样。

站起身来，低头再去看那些花朵，它们似乎也欢喜起来，成了写在大地上的诗篇。

离开时，我也欢喜起来。

好几天过去了，它们都被保留了下来。

夜晚吹刮的风，也没有吹落字句。清晨点撒的雨，也没有冲乱排序。

再去看时，不知是谁，又是在何时，蹲下身来，任她的时光在身后调慢速度，等她用茶花盛开的样子，写下新的诗句：你便是三月。

我欢喜的眼睛里，竟慢慢泛起了潮汐。

在这个春季里，有人与我一起，在不同的时间，同一个地点，任内心盛满温婉，以鲜花盛开的姿态，写下对春天、对生命、对所爱最美的告白：“我爱三月，你便是三月。”

那一刻，我们的时光都调慢了脚步，会忍不住停留，读一读那首写在大地上的诗歌。

写于 2020 年 3 月 7 日

一支梅

清早，父亲晨练回来，带回一枝梅，递给母亲。

粉色的梅花缀满枝间，花枝上还带着点点春雨的潮润。

母亲欢喜地拿来青瓷花瓶，盛点水，将花插了进去，放在阳台上。

60多岁的父母，平凡琐碎的生活，因为一枝梅而变得有些不一样起来。

在我们眼中，父亲是过于严肃甚至有些刻板的人。他宁愿给我们做一顿好吃的，却难得对我们说几句好听的。

我有些惊讶，啥时候父亲变得浪漫了？我忍不住将这幅画面告诉哥哥、姐姐。

不一会儿，他们发来信息。

哥哥说："老爹送过老妈花的，油菜花，一送几大把，一炒一大锅。"

姐姐说："一枝梅，牵手一生情。"

我忍不住笑了，看来，"生活男"与"文艺女"，思维注定了不一样。

一样的春天，一样的时光，一样的场景，在他们心中涌动着的情愫却是不一样的。

也正是这种不同，让生活多了些冲撞。冲撞出的，不一定是争吵，不一定是矛盾，有时也会是惊喜与火花。

父亲端起青瓷花瓶，喃喃自语："这么好看的花，放在这个小角落，你们咋看得到呢？"

他走来走去，将花瓶放在客厅的写字台上。

我正坐在写字台前，父亲并不知道我正写着关于这支梅的文字。

淡淡的芬芳溢满写字台，连写字台上的文字，都一个个如朵朵绽放的梅花，芬芳四溢起来。

我闻到了。你呢？

写于 2020 年 3 月 7 日

寻找在相似的春天里

周末，去寻找春天。

其实，每年的春天都差不多，桃红柳绿菜花黄。

我依然坚持每年都去找找它们，仿佛只有看见它们，我才会确定春天真的来了。

一年年，我在相似的季节、相似的地点，留下相似的身影。

仿佛只是一转身的速度，便是花开花谢又一世。

那些花，不会认识今年的我，去年的我，或者是更久远以前的我。

在它的眼里，也许今年的我，去年的我，或者是明年的她，或者更为久远未来的你，都是一样的。

就像我看过去的油菜花，与现在的油菜花没有什么不一样；就像你见过的开在山岗上的桃花，与那年我在水边见过的桃花都是差不多的。

都是相似的，年年岁岁花相似。

就连年年岁岁，也是何其的一样啊。

花开花谢里，春来春往中，人去人散间。

这似乎就是一个打不破的循环。

但是，在这循环间，我们依然对一切充满期待，就像明知多少年的春天都是差不多的，但是依然见之如初见。

就像明明知道，每个人，经历的都是生老病死这样同一个过程，但是依然对这已知最后结局的生命，充满热爱与惊喜，依然对这首生命的老调一唱再唱。

花不败，人不老，便是——春天。

写于 2020 年 3 月 15 日

春，宛如人生初相遇

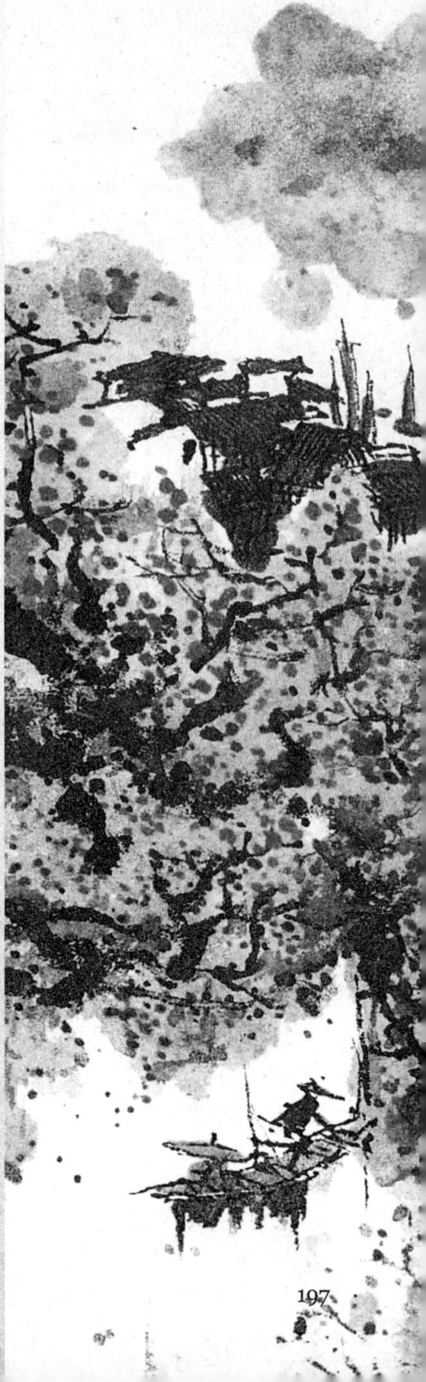

春，是写在大地上最抒情的诗，是绘在天地间最斑斓的画。

没有哪位诗人、画家能够胜过它。

它不会去举办诗会、画展，但是处处都是它的舞台与展厅。

大地、天空，都是它的文稿与画布。

匀红点翠，便是桃红柳绿；丹青微润，便是水墨江南；点墨晕染，便是春和景明。

四季回春，万物复苏，这是春的先声；百花齐放，万紫千红，这是春的主歌；莺歌燕舞，花繁蝶欢，这是春的间奏。

任世上哪位诗人、画家，都无法具有这般笔底春风，袖里乾坤。

春，哪里都有它的笔。

柳条在湖面书写，草芽在河堤书写，笋尖在山坡书写，微风在树林书写，轻燕在屋檐书写……

春，哪里都有它的颜料。

油菜花的黄，玉兰花的白，风信子的紫，矢车菊的蓝……

坐在春风里，我是一个忠实的读者，用欢喜与虔诚，读着这首诗、这卷画，一读再读。

春，也许不知道，我的眼，我的心，是它看不见的文稿与画布，我已默默将它刻写在了那里。

于是，此去经年，无论春离开了多远，我所记住的，都是与它初相遇的样子。

写于 2020 年 3 月 17 日

爱的文字，开出欢喜的花儿来

老了的时候，什么样的状态最美？

我喜欢一个老人，当他头发有些灰白、冒出来的胡子茬也有了雪花的颜色时，还能回归到一个孩子的状态，眼里写满童真，心里藏着窃喜。

一向严肃的父亲，似乎就回到了这种状态。

月初，父亲抓出几把绿豆，放在一个容器里，隔几天浇一次水。他说，要等绿豆发出豆芽来。

刚开始，我还有些好奇，总忍不住揭开蒙着的布，看看芽会如何冲破绿色的“盔甲”。

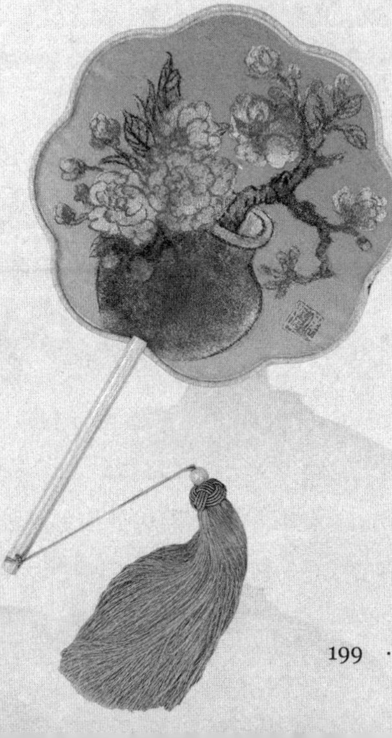

好几天过去，都不见有啥动静。母亲觉得父亲这回该是浪费了几把好绿豆。我也慢慢将这件事情忘记了。

半个月过去了，父亲突然端出一碗豆芽菜。豆芽短短的，一根根三四厘米长，一副来不及长高长壮就被收割的样子。

父亲解释，经验不足，绿豆过于密集，发的豆芽你拥我挤，都想探出头来呼吸新鲜空气，结果都没有足够的空间长大。

从失败中总结经验，父亲又抓出几把绿豆，开始新的实验。

今后啊，还可以发黄豆芽，还可以发黑豆芽，还可以发花生芽，还可以发……

抿几口小酒，父亲幸福地勾勒着新的计划。

我笑了，闭了眼，仿佛房间的窗台上、角落里，满满的，都是生发出的白白嫩嫩的豆芽。

还未下筷子品尝，我已经尝出了碗中嫩芽的味道，那是父亲特制的爱的味道，世上无二。

茶几上的花重新换新，高矮有别，错落有序，疏密有致，空间层次感丰富。

短的是粉嫩的茶花，枝条上还带着未绽的花苞；长的是梅花，一小朵一小朵密密地缀满枝丫。

父亲年轻时，学过绘画，他摆弄出来的花卉，有了一种水粉画的清新与灵动。

“怎么样，好看吗？”父亲有些得意地问我。

肯定好看啊，更好看的是父亲如一个孩子等待表扬的童真。

从 3 月 8 日那天，父亲给母亲带回一支蜡梅开始，我们家每天都有鲜花相伴。

有时是桃花，有时是菜花，有时是兰花，有时是茶花，有时是梅花，有时是叫不出名字的小野花。

父亲隔几天换一次水，换一次花，整个屋子春意盎然，鲜花满怀。

父亲还特意拿出一只小花瓶，在我每天都会临窗写作的电脑桌上放上一缕春色。

一屋子的芬芳，满桌子的清新。

他一定是猜到了，我会将这屋子的鲜花，写进我的文字里。

他一定是相信的，一个个充满爱的文字，定会开出欢喜的花儿来。

写于 2020 年 3 月 24 日

不舍昼夜的，又何止时间

点一盏夜灯，坐于窗前。窗外的春雨，正滴滴答答敲打着我的窗。

窗内，一场“雨”，也正淅淅沥沥地下着，点点滴滴，敲击着键盘。

不知不觉，“滴答系列”，从去年中秋节提笔写第一篇起，已经接近100期。

那都是一些絮絮叨叨的话语而已，积累起来，才慢慢显出了一点点力量——坚持的力量。就像窗外的雨，要见证它的力量，看一看屋檐下多年滴落而成的雨窝才会懂。

点开文档，鼠标向上拖，日子倒流，阅读那些文字，就好像把过去的岁月又重新过了一回。

我自己都十分惊讶，那过去短短几个月的时间，原来是那么丰富，那么悠长。

我曾和母亲搬一把梯子，在桂花飘香的时节，采摘枝头的芬芳。

我曾与父亲捻几粒酒曲，将母亲采摘的桂花放进糯米酒里，酝一罐生活的陈酿。

我曾在一片拆迁而留下废墟旁，一遍一遍地漫步，一点一点地收藏，拾起一些没有来得及搬离的故事，比如搬走了家却搬不走的那棵枇杷树，比如主人都走了却坚守着老宅的猫。

我曾踏寻10多年前邂逅过的异乡，在青石板、米豆腐、吊脚楼的片段里，拼出10多年前的经历……

好多的事情，我写在文字里了，一转眼便忘记了。不过，只是忘记，并没有丢掉。

那些往事，如鱼，只是游得远了一些，我的视线范围内看不见它。放一些饵料，便又会将它们从无边的海洋里钓起来。

是呀，只要有一点小小的线索给我，我便又会想起来。

我真要感谢文字的存在。要是没有它，我该如何知道这短短几个月的漫长与丰盈？要是没有它，我会以为一切都只不过是白驹过隙，都只不过是一场风一场空。

读着那些文字，犹如逢着一场雨季，淅淅沥沥，滴滴答答，打湿衣襟，每一滴都是自己曾从心里流淌而出的记忆。

看着随着日历一天天蔓延开去的文字，心里有些感动。感动于一滴滴雨点不舍昼夜的坚持。

不舍昼夜的，又何止时间呢？

写于2020年3月28日

树，是大自然写在天地间的哲思

我不知道，一棵树，会不会一直就那样长下去，长到地老天荒，直到最初生长出来的那盘老根朽掉？

会不会，就算老根朽掉，那不曾失去信念的根须，又会从老根上生发开去，长出新根？

新根连着老根，会不会就这样根根相系，生生不息？

望着那一株株顶天立地的大树，我有着太多问题，却一直没有告诉树。

我没有惊扰一棵树的生长。也许，对于每一棵正在拔节向上生长的树而言，它都是相信自己会一直牢牢地在这天地间站下去的。

站在已经长了许多年的大树底下，我总忍不住久久地仰头张望，就像张望一道高深的生命命题。

树，一个劲地往上长。树枝与树根的距离在不断地拉长。

那长长的距离，是否会成为树根与树枝交谈的阻隔？树根是否听得见枝条的歌声？枝条是否又会感知到根的脉动？

它们会如何生死相依，又如何绝地逢生？

我曾见过一棵大树，一直长得枝繁叶茂，却在一夜之间突然轰然倒地。老人们说，那是根已经朽了。

枝丫似乎还没有来得及收到这样的信息，还源源不断地获取着阳光，获取着风，获取着雨。倒下时，青绿的叶片，很多天都不忍枯萎，如一双双惊愕的眼睛，还一直睁着。

我也曾见过这样的树，枝条已经枯萎，轻轻一用力，便会咔嚓一声从中断裂。人们似乎也认定了它不会再存活，将树根崛起。

只是崛起树根后，人们似乎又忘记该如何处置那已经死去的树，将之放在大地上。

树躺在大地上，却没有睡去。那包裹着树根的土一直还在，如襁褓般呵护着树根。

突然一天，也不知道是哪根根须，从襁褓中钻出来，落入大地，慢慢发力，钻进土壤。

于是，在树倒下去的地方，又生出一棵新的树来。

树，是不是大自然写在大地上的哲思？或者说，树，原本就是天地之间的哲学家，它借着风，说了很多话？

我站在风里，站在树下，静静地聆听着这些话。

我不能确定，我是否真听懂了。

它似乎在告诉我，树，是站在天地间的人；人，是行走在大地上的树，它们同样都需要坚韧、向上、不认命。

写于 2020 年 3 月 30 日

天使失去翅膀，成为大人的模样

我喜欢和孩子在一起，因为，他们的世界里，梦幻的翅膀在扇动，希望的花蕾在吐蕊。

大人的世界，过于功利，讲究“种瓜得瓜，种豆得豆”。有所付出，有所收获，这也没啥不对的，这是大人世界里遵循的规律。

我曾在孩子的世界里，看见许多不会有收获的播种，但是它却触动我的灵魂。

一只蝴蝶溺水了，躺在水塘旁。彩色的翅膀还在随风轻轻扇动着，但是它已经无力起飞。

儿子还只有三四岁，还不能理解什么是死亡，我也不想他因为一只蝴蝶的死亡而难过。我告诉它，蝴蝶只是累了，它需要一床棉被，好好地睡上一觉，来年便会开出蝴蝶花来。

儿子有些兴奋，连忙在水塘旁掘出一

个小小的坑，放进一片树叶，再将蝴蝶轻轻放在叶子上，再掩上一些叶子、白色的小石子当被子。就这样，他掩埋了一只蝴蝶，也一并种下了一个美丽的梦。

没有人会相信，溺水的蝴蝶真会开出花儿来。但是我相信，也看见了。

做这些事情时，儿子的小眼睛一直闪着欢喜的光。在清澈透亮的眸子里，我看见了，正开着一朵朵飞舞的蝴蝶花。只不过，更多的大人看不见罢了。

儿子六七岁时，迷上玩悠悠球。家里的悠悠球总不够他玩，怎么办？他想栽一棵悠悠球树，这样，就会像橘子树结满橘子一样，它会结满悠悠球。

真是一个好想法。我没有阻止他，而是帮他一起，在小树林子里挖出一个小洞，让他将一个崭新的悠悠球放进去，再掩上泥土和石子。

接连好多天，他都跑过去施肥、浇水，急急地等待着悠悠球种子发芽。

没有人会相信，世上会有一棵这样的树。但是儿子信，我便信了。

一番耕耘，未必定有一番收获；种下什么，未必定能收获什么。

这是我在孩子的世界里懂得的。

我们总是自以为是地将一个个孩子带进大人的世界，教他们逐渐懂得遵循大人世界里的规律。

慢慢的，孩子就成了大人，失去了飞翔的翅膀，从天空里落了下来。

写于 2020 年 3 月 31 日

橘子花开，情浓不散

院子里的橘子树开花了。

眼睛还没有来得及看见枝头小小的花蕾，鼻子及时告诉了我这个信息。

橘子花开的秘密是藏不住的，哪怕它的花开在那最高最密的枝间，你根本看不见它是在哪里，但是那浓得化不开的香味，会轻而易举地从缝隙里钻出来，然后，一缕缕蔓延开去。

那香味，如波荡漾，一圈一圈散开。院子里，这里一株、那里一棵栽种着好几株橘子树，这些香味的波纹，便你中有我，我中有你，芬芳叠加着芬芳，整个院子里便都是它的味道。

真是一个让我着迷的院落。

我原本是不喜欢这个院落的。

因为陌生，因为无根。

搬进这个院落时，院落里的人，已经来来去去换了好几波。学区房小区，可能就是这样，每年都会换一批新鲜血液，每年都会发现刚混个面熟的人已经搬走了。

我也只是这个院落的过路人，几年后，随着孩子毕业，我也将搬离。

搬不走的，便是那些房子，以及伴随着房子一起长大、一同变老的树。

让我对这个院落慢慢具有感情的，便也是那些树。

桃树、桂花树、橘子树、杨梅树……它们一直静静地待在原来的地方，时间长了，我便认识了它们。

这个院子里的人，变化太快。楼上与楼下的住户已经换了好几轮。来来去去、在小径里擦肩而过的人，总是一些陌生人。我不认识他们，他们也不认识我。

不过，我认得那些树。看见那些树还在那里，我便知道，我是回家了。

我是一个慢热的人，不会短时间里便和谁十分熟络。我与一个人、一个地方的情感，往往看时间的安排。

看见这些树如何开花、如何结果、如何熟透、如何静静地走过四季；看见院子里的人如何撑起伞、如何撑起竹竿、如何撑起梯子、如何采摘那些树留给我们的收获，那些画面让我在陌生的气息中闻到了熟悉。这种熟悉，让我安心。

在这种熟悉中，我终于将自己当成院子的主人，也随着四季的变迁，加入那些赏花者、采摘者的队伍。

桂花盛开的时候，和母亲一起，搬一架梯子，采摘枝头的花瓣，并将那些小小的花瓣封存在玻璃罐里，酝酿的便是一季又一季浓香芬芳的秋。

杨梅果由红转黑的时候，整个院子，成了一个罐子，都在酝酿着一罐杨梅酒。酒香四溢，啄食的鸟雀醉了，采摘的我们醉了，走过那株杨梅树的小狗也醉了。于是，每一个杨梅成熟的时节里，便是微醺的，便是陶醉的。

橘子树吐蕊的时候，小小的果藏在小小的花朵里，默默地成长着，好几个月都寂寞无声。热闹的是橘子的花香，长着翅膀，满院子地跑着、闹着。直到橘子转红，满枝满枝金灿灿、黄澄澄，果子才成为那个季节的主角。

啊，真是好时节，每个季节，都有它独特的芳菲与灿烂。这都是那些花、那些果给予季节的。

也许，应该说，是那些季节，那些酝酿着的时光给予那些花，那些果，那些树的。

积蓄了足够的时间，花便开了，果便甜了，情便浓了。

是啊，情浓得化不开了，如此时橘子花的馨香一样，在我的心湖里荡漾着，一圈一圈，一年一年，久久不会散去。

写于 2020 年 4 月 11 日

何以安心

院子里，盛开着一树金银花。细细长长的花瓣，散发着甜香。

摘下几朵，放在枕边，梦也香甜起来。

真是几朵清心的小花。

窗外是一个工地，工人们正赶着工期，午休也没有停下轰鸣声。前些天，戴着耳塞，声音依然会挤进来，如同某人执一鼓槌声声敲打着耳膜，让我难以安眠。今天，我竟然一点也没有听见外面的嘈杂，直到闹钟响起，我才醒来。

醒来，回头见花，花也醒了。

只是，花有些蔫了，仿佛是耗费了很大的力气。

它，是不是将那些力气，通过缕缕香味传给了我？让我在整个午后都神清气爽。

它，是不是以它小小的身躯，抵挡着

窗外的嘈杂，让一个对噪声十分敏感的我不受其扰？

真不知道，那么小小的它，是如何做到这一切的。

如此有心的花，我该如何安顿？

拿出新出版的一卷书，将花夹于其间。

书沾了丝丝的花香，花染了淡淡的墨韵。

真是一缕缕静心的气息。有了它们，我的心，便有了安顿之处。

写于 2020 年 4 月 22 日

彼此懂得

戴上口罩后，我与人交谈少了很多。不过，倒是与它们交流得多了起来。

它们是一花一草而已。

人会说谎话、空话、醉话，弄得别人难辨真伪。它们不同，说的都是一些心里话。

我时常一个人在院子里转悠，和它们说话。

我最喜欢停于一株筑有鸟巢的大树下，抬着头，久久地望着树。树以高大的身姿俯视着我，它的头抬得太高，怕我听不清它的语言，便借着风、借着鸟，将话传给我。

我时常站在树下很长一段时间。慢慢的，我脸上的表情舒展了，心也一样，宛如大树枝头那尽情舒展开来的叶子一样。

我也喜欢与花交谈。我还发现，花的语言与树的完全不一样，它们不需要站在那么高的地方说话，因此声音总是极轻极浅。

这极其细微的声音，不是所有的耳朵都能聆听到。

有时，花会以一缕馥郁芳香发出邀请，我便寻着那气息慢慢靠近它；有时，它会派出一只彩蝶来，我追着那蹁跹蝶影便找到了它；有时，它会以着绚烂得耀眼的颜色吸引着我，让我无力拒绝。

听树言语时，总是隔着一定的距离，犹如聆听长辈的教诲，再慈祥的长辈，也会让你心生敬畏。

听花言语时，就不同了，需靠得更近一些，宛如闺蜜间说着些私密话。

说着这样的话，脸上总是带着笑的，如花一样的笑。

还有一物，与它说起话来也是十分有趣。它时常想藏着掖着，但是话总是藏不住。

它是关闭着的窗子。

在院子漫步时，时常会从一户户人家的窗子前走过。与窗子说话，简单几句即可，不宜畅谈，要不然，那户人家突然发现躲于窗外的你，定会推开窗子怒目而视。

那就什么简单就说点什么吧，几句就好，就像在路上遇见谁，寒暄几句便离去。

与这些窗子之间，话不多，但十分有趣。谁家正煮着甜酒，哪户正熬着鸡汤，窗子关得再紧，这些话，都关不住，大老远，我就听到了。

我装作什么也不知道，从窗外慢慢走过，稍做停留，深深呼吸，便算打招呼了。

戴上口罩，我变得沉默了。有时，入心的交流，也许并无须言语，便能彼此懂得。

我懂一花一木时，一花一木亦是懂我的。

写于2020年4月23日

写封信

窗外的阳光、微风都是极好的，撩动着我的心，一遍遍地呼唤着我。

迈出家门的脚，却又收了回来。比起单纯的游山玩水，我更想过一个有意义的劳动节。

翻出一沓还没有整理出来的老家书，我将一天的时光，留给过去。

也许，我真是一个恋旧的人，对于老的故事，老的岁月，老的物件，有着一种发自骨子里的好奇与欢喜。

那是20多年前的一些书信。没有网络，没有手机，拨打电话都很不容易。写信，成了我们之间交流的重要方式。

写信、等信、读信，成了在异地生活的我们想家的主要方式，也成了我在异乡每一个寒冷日子里取暖的重要途径。

书信里话语的暖心，会通过我翻阅家书的指尖，瞬间传递全身。

只是，这种读信的感觉，越来越难找回了。电话、手机普及，家书便被电话、短信、微信所替代。

电波传递的速度快，遗忘的速度也快。它留不住那段岁月。电话挂断，说过的话也便吹落在风里了；手机清理，发出的信息也便被消除了。

有了手机的日子里，我不记得曾与家人们之间说过些什么？我不记得那些日期的背后曾是一些什么样的经历？这段记忆的空白，让我有些慌乱，感觉每一个记不住的日子，都是白白浪费了。

前几天，我翻出三位闺蜜写给我的信。初中时，我们四人曾是极好的朋友。我们曾那么形影不离，可是我们还是失散在人海。

在各自的城市里生活着，我们都有彼此的电话，却很少联系。

我将她们三人所写的、已经陈旧的书信拍摄下来，发在微信群里。沉寂了多年的记忆，被一封封书信唤醒。我们都忍不住感慨，并流下泪来。

原来，书信在，那段岁月、那段情感，便都在彼此的心里，如书信上的那些字迹，没有抹去。

写于 2020 年 5 月 1 日

分享甜蜜

正是枇杷黄的时节。

母亲在柳岸人家栽种的枇杷果，迎来丰果期。

搬离那个小区已经有些年头了，我们差不多都忘记了那棵果树的存在。

去年，果树第一次结果，满枝丫黄灿灿。母亲的老友打来电话告之。当母亲去见它，吃惊不小。她有些不敢相信，何时栽种的？咋就成熟了呢？

果树睁大一双双圆溜溜的眼睛，与母亲对视着，眼里满是甜蜜的骄傲。

母亲想等到我周末休息时一起去采摘，谁知到了周末，果实早被人摘得差不多了，只留着高枝上几颗摘不到的果实。

母亲有些失望。我笑着对母亲说："这原本就是一份意外的惊喜，如今，只不过这份惊喜被别人摘走了而已。我们无意间栽下的果树，给了他人甜蜜，这本身也是一种甜蜜啊。"

今年，枇杷又结果了。母亲去得更早了一些，只是还是迟到了。低枝丫的果实，已被摘得差不多了，幸而果树长得更高了一些，高枝上的果实藏在茂盛的绿叶间，似乎是在等我们。

搬来梯子，采摘了小小的一篮。

篮子并没有装满，我们的心里却装满了欢喜，满得都溢了出来。

"瞧，这是我们家果树上结的！"

"来，尝尝，甜不甜？"

一路走来，见着熟人，我们便与之分享。待回到家，小篮已见底。

有一种甜蜜，叫分享的甜蜜，与果实是否甜没有太大关系。

我又开始期待来年的枇杷黄了，这与是否能真正品尝到果实无关。只是知道，在城里，有那么一株树，是在等我们的。我的心，也便有了可以依附的地方。

写于 2020 年 5 月 16 日

青梅泡酒

菲菲酿了一罐青梅酒，约着品尝。约了好几次，都没有成行。昨晚，临时起兴，前往她家。

有些时光积淀的青梅酒早已经喝完，余下的是一罐新酿等着我们。

菲菲拿出有着极浅水波花纹的淡黄色酒盏盛酒。

淡黄色的青梅酒盛于其中，与淡黄色的水波花纹融为一体。酒中的梅香轻轻溢出，酒也荡漾，花纹也荡漾，芬芳也荡漾，心也荡漾。

没有比这无约之聚更有趣味的了。正赶上菲菲学吹箫。竹箫弦乐，便是最好的下酒菜肴。

就着一碟花生、一碟水果、一碟陈皮、一卷诗书、一管竹箫，我们一小口一小口品酒，一寸一寸品夜晚的时光。

“你的信太过官方，都不说想

我。”“我这一生都是坚定不移的唯物主义者，唯你，我希望有来生。”周恩来写给邓颖超的信，是如此的浪漫与温暖。

“你走，我不送你。你来，无论多大风多大雨，我要去接你。”梁实秋，是这般的冷静与深情。

……

好的文字，隔了多年的岁月再去品读，便如品鉴有了年份的酒，不可斟满，不可急饮。杯中需留些空间，让香味溢出，在杯中回旋、升腾；嘴里需留足可以回味的地方，别大口而灌，需一丝一丝细品，将岁月的丝微感触置于舌尖唇齿。

这才算是没有辜负岁月的默默酝酿。

品着青梅酒，我们一定是说了很多话的。都说了些什么？我记不太清楚了，记住的似乎就是那几句有些岁月年份的文字了。

这个不约而聚的夜晚，该也如一只青梅，泡在岁月里，慢慢酝酿出酒的后劲，哪年再去品尝，便会激活那天的诸多记忆。

青梅泡酒，泡的，也便是这股岁月的回味吧。

写于2020年7月21日

清雅之心

茶，对于我而言，曾只是渴了才会想到的加入叶片清香的水而已。

是何时开始学着细品茶其中的苦涩与回甘？想想，这不仅仅是一道关于时光的命题，也该是一道关于人生感悟的答卷吧。

年轻的时候，脚下总是生风，一个声音总是在催促着“快快”。那时，一颗被催促得异常浮躁的心，哪懂得等待？

等不及一杯茶水慢慢凉到唇齿适合的温度，等不及一朵花开到生命舒张的状态，等不及一本书读到心灵顿悟的时刻，等不及……

好多事情都等不及，等不及好好感悟成长的时光，我们就快老了。

老了的时候，脚步想快也快不起来，唯有时光依然是那样的快，欲使之慢却慢不下来。

邂逅茶，我懂得了一切都急不来。

田里的庄稼，得好好耕耘了才有望收割，收获是急不来的；地里的笋芽，得好好蓄满能量才有望出头，成功是急不来的。

一壶好茶，得让水烧到合适的温度后，再让它与茶叶相遇，激活写在叶片间的缕缕新鲜春意，或是丝丝陈年回味。一切美好，都是急不来的。

今年的绿茶，10 年的白茶，它们都是极好的。更好的，便是饮茶人能慢下来，花点时间，泡一壶好茶。

泡一壶茶，那一个个的时光，一分分一秒秒，都如同是杯中的片片茶叶，舒展开来，然后极缓极缓地，沉在岁月的杯底。

周末时光，一壶茶，一卷书，滋养出的，便是一颗带着茶香的清雅之心。

写于 2020 年 7 月 25 日

花开有声

花开时，一声一声，都在唤着我们。

你不来，所有的盛开便都是寂静无声的，仿佛不曾盛开过。

你来时，花开或是将开未开，都是极其美好的。无须多说，你懂花盛开的美丽，她懂你见她的欢喜。你们互相聆听，便都听懂了。

美好的相遇，也许常常就是这样吧，美好的花需遇见懂得这种美好的人。缺少任何一方，都将是遗憾。

只是，那么多的花儿，有多少将只是独自盛开。

那陌上的繁花，那冰川的雪莲，那山崖的百合，那水面的睡莲……那么多的花，她们一生的盛开，都是无声的。无声的等待，无声的期盼，无声的凋零……

中学时，读席慕蓉的《一棵开花的树》。“阳光下，慎重地开满了花，朵朵都是我前世的盼望！当你走近，请你细听，那颤抖的叶，是我等待的热情！而当你终于无视地走过，在你身后落了一地的，朋友啊！那不是花瓣，是我凋零的心。”这极美又极伤感的句子，如花落在心里，柔柔的，却扎心地疼。一朵花，求了500年的遇见，结果却只是错过。

有多少花开的声音，你不曾听见。

有多少美好的邂逅，你不曾留意。

你若不来，这季的花，便如同不曾盛开过一样，寂静无声。

看花人，看的，其实又何止是花呢，还有——她自己。

写于2020年8月2日

慢下来，听听心的声音

那篇报道，写于15年前。那是一篇关于助学的报道。

看见报道后，家住茉莉村的徐敬复老人联系我，她要给报道中的贫困学子捐款。

我应邀去她家采访。那时，正是荷花盛开的时节，茉莉村一方小池塘里正高举着一朵朵粉色的花伞。花儿开得十分热闹，儿女不在身边的老人却有些孤独。采访结束后，我便留下来，陪着老人家在荷塘前聊天。

那时，在报社工作的我，风风火火，总是会及时将采访素材整理成稿件，赶第二天的版面刊发。

那天，我慢下脚步，在荷塘前陪着她，看阳光如何洒满荷塘，看光影如何在花与叶之间挪移，看周围的人群如何来来又去去。

然后离开。

离开，转身便是 15 年。

昨天，突然接到徐敬复老人的电话，我们都有些惊讶。

老人在《常德晚报》读到我写的《故乡的保鲜期》，转到了几道弯，才找到我的电话。

电话里，老人说："我已经 80 多岁了，还这样冲动着，一定要联系上你。我啊，年纪大了，前一分钟的事情到了下一分钟我就忘记了，不过，你那时采访我的事情，我还记得……"

原来，这么多年过去了，那篇报道，那片荷塘，那次聊天，还一直在老人家心里。

其实，那年，我所做的，只是慢下了脚步，陪伴了老人一段短暂的时光。

老人收藏于心，15 年的漫长记忆，深深感动了我。

也许，有时，爱的表达，便是慢下来，真诚地、静静地听一颗心的诉说。

写于 2020 年 8 月 27 日

有花堪折

一场接着一场的秋雨，打落花无数。

院子里，前些日子，桂花还开得正灿烂。那无数朵小花编织起来的一面硕大的芬芳的网，如今却被雨水冲刷得支离破碎。

撑着伞，行走在株株桂花树下，我为针线，却还是补缀不了这破碎的网。

雨水的潮味、大地的泥味，与密密斜斜的雨，一起进行着新的编织，将整座院子网在里面。

前几日还想着，趁着好天气摘点新鲜桂花，做茶、做汤、做糕。却不知为何，一直拖着，拖着，以为花会一直等我。

几场秋雨来临，花便落了。

不经意间，这场桂花雨，竟成了今秋桂花的一场告别演出。

匆忙得，来不及说再见。

来不及说再见的，其实，又何止是与

那一树树的桂花呢？

错过季节的盛开，错过孩子的成长，错过最美时光里的旅行，错过最佳年纪里的相遇，错过我们自以为会好好把握的许多许多……

余生并非无涯，错过一个季节的盛开，便是枉费了一个季节的存在。

写于 2020 年 10 月 5 日

闻香识茶

天气真好，别浪费了这样好的秋日阳光。约一二友人，相聚茶院。

一片茶叶，真是神奇，它能将一个季节的芬芳、滋味与颜色锁在里面，待到适合温度的水将那些元素一一唤醒。

比如绿茶，茶汤的颜色以及香与味，是属于春天的。捧一杯在手，仿佛捧着的是一个春天的记忆。那些嫩绿嫩绿的芽，那些草绿草绿的坡，那些柔柔暖暖的风，那些细细嫩嫩的雨，仿佛都在茶汤里。

比如红茶，茶汤的颜色就不同于绿茶了，它是金色的、红色的，宛如秋日暖阳的颜色、枝头金桂绽放的颜色、田埂稻穗成熟的颜色。

茶院准备了三款不同的红茶，供我们一小盏一小盏细品。此次品茶，多了一道工序，与茶无关，却让我们更加用心去感悟茶。那就是需戴着眼罩细品。不去关注茶汤的颜色，不去关注周边的他人，只需关注自己，以及手中的那盏香茗。

闭上眼睛，似乎就是为了让我们能睁开心灵的那双眼睛。

我用这双眼睛，细细地关注着那三道茶。

第一道茶，放于掌心，一缕幽幽淡淡的花香迎接我。那香味，让我似乎看见了茶院放着的那几株盛开的百合。杯盏中，仿佛是繁花盛开，还盛着花果的甜。

第二道茶，让我看见的是收割后的稻田，闻到的是田埂晒秋的味，还有着一缕袅袅炊烟的醉，不浓不淡。

第三道茶，盛着的是桂花的馥郁。一杯在手，满室芬芳。这味，瞬间填补了金秋时节我曾具有的遗憾。

这个秋季，我还没有来得及采摘新鲜桂花做茶、做汤、做糕，一场接一场的秋雨便将花打落了。

未曾料想，这个午后，几盏桂花红茶，丝丝缕缕的芬芳，如一针一线，终于将心里的这份空白缝合了。

恰好，留声机里播放着《稳稳的幸福》。

一切简简单单，却又极其美好。

一小口一小口细抿。微汗，微醉，却又通透。

每一个当下，仿佛就是手中的那盏茶，需得好好珍惜对待，用心品鉴，才算是不曾辜负了它。

写于 2020 年 10 月 11 日

天地，是张无边的诗稿

深秋时节，窗外金黄的银杏叶飘飞着，它们是在天地间写着自己的诗歌了。

那翩翩起舞的叶子，不就像一个个词语吗？它们以着喜欢的方式排列着。

是啊，我们都是生活的诗人，在天地间写着属于自己的诗歌。

我想着该下楼去，漫步于林间，去读一读银杏树写的诗歌。我的脚步还未至，几只鸟雀已经忙碌起来。它们时而歇于枝丫，时而舞于叶落，时而行于地面。它们时而是诗歌的读者，品读着叶片书写的诗行；时而是诗歌的编辑，几笔几画，调整着文字的排列顺序；时而便是诗歌作者，以着优雅的飞翔、悠闲的漫步、静默的沉思、清脆的歌鸣，书写着、朗读着自己的诗歌。

天地万物，皆在写诗。

人们常说，生活不止眼前的苟且，

还有诗和远方。我一直不太认同，为何眼前便是“苟且”呢？为何诗歌与远方在一起呢？其实，诗并不在远方，它就在我们眼前，在我们的日常生活里，在自然的万事万物中。

也许有人会说，生活中哪里有那么多诗情画意啊，这不是自欺欺人吗？

如果说欺，那也不是去欺别人，欺的是自己。如果能一直心怀美好看待周遭的一切，就算是欺，我也情愿去欺。

这种欺，是一种豁达，是与世界、与自己和解的表达。

我看得见阳光，也看得见阳光背后的阴影。阴影的存在，并不妨碍我坚定地相信光明。

风和日丽，是诗，如小溪潺潺，如琴弦舒缓，我愿悦纳。

大雨滂沱，亦是诗，如大海翻滚，如鼓点激越，我仍悦纳。

天地，是一张硕大无边的诗稿，任万物书写。缺少的，并非诗歌，而是装得下诗歌的行囊。

人，行走于天地，就如时光背负的行囊。时光，将我们放置于不同的地方，母体中、摇篮里、课堂上、职场间……

时光，以单个的日子来填充行囊。每一个日子，都是一张空白的诗稿。装下诗歌，每一个日子便生动起来，诗意起来，丰盈起来。

痛也诗意，喜也诗意；寒也诗意，暖也诗意；生也诗意，死也诗意。

不忧，不惧，不惑；不贪，不嗔，不痴。

就这样，读着天地间的诗，写着天地间的诗，把有限的日子都过成一首首的诗，才算不辜负这——诗意人生。

写于2020年11月11日夜

回忆的路，每走一步都是暖的

金色的河街，古朴的茶案，甜香的果蔬。阳光下，万物都染上了喜庆的颜色。

聚于周末午间，赴一场婚恋诗会。那是为友人结婚 20 年纪念日特设的诗会。

人到中年，我们都学着做起了减法。聚于一处，所需不再是嘈杂的喧嚣，而是安静里流淌出的欢喜。静好，安好，一切便好。

同时，也学着做起了加法，加上仪式感，加上纪念性。静静地思考、美美地回味、甜甜地祝福、暖暖地展望、热热地起誓，这五个环节，不仅为友人所制，也是为我们自己所设——一起思考婚姻中什么是幸福，一起回味婚恋长跑历程。

当《最浪漫的事》音乐响起，当屏幕上播放着他们 20 年婚恋历程的镜头，我的心被触动了，感动于 20 年的长久与短暂。

是啊，20 年，那么长，7300 多个日夜，87600 多个时辰。这是一个女子从花季到中年的变化时长，这是一代生命延续、一代青春更迭的变化速度。

20 年，又那么短，如时光的水滴入无边的海洋，瞬间不见；如幸福的尘汇入浩瀚的沙漠，难寻踪影。

20 年的日子，被我们放于婚姻的长河里，如放着一尾尾鱼。哪天，放网打捞，我们总是期待着会有满满的渔获。收网时，我们会发现，网中所捕捞的，其实大多是些平平常常的小幸福、星星点点的小欢喜。

那些小欢喜，在当时我们也许不觉是欢喜，只以为是日常、是平淡。

多年后再回头去看，将光阴浓缩的一些片段集中回味，才真正懂得，那时自己原是在幸福中。

就像多年后，我们再回首这一天，翻阅所拍摄的相聚画面，回忆友人夫妻俩所许下的爱情誓言，将过去的场景再过一遍，心里也将是幸福的。

通往回忆的那条路，时常洒满阳光，于是每走一步，便都是暖暖的。

写于 2020 年 11 月 17 日

生命的火萎了

1 月 10 日，全国首个警察节。

舅舅从警 30 年。节前，家人接到电话，单位邀请他参加从警 30 周年座谈会，并颁发奖章。

只是，舅舅已无力参加。

舅舅一直不知道自己的病情。家人一直瞒着他。除了舅舅本人不知道，其他亲人都清楚，任他们如何努力，都无法勒住那辆失控的生命马车。

马车正在急速地往下滑，滑向一个深渊，无数双手都无力缚住。

表哥提前将那枚奖章取回来，送到医院。舅舅睁大眼睛看着它，伸出手来抚摸它。他一定是有许多许多的话要说的，只是，他已经失去了说话的力量。

那是一枚刻写着舅舅名字的奖章。

那是一场无奈失约的座谈。

那是一个舅舅永远也享受不到了的警

察节。

生命中，有许多的空白，无论我们怎样努力，都无法将它填补。

一个人突然离开了，今后的日子里，他便成了一个未知的空白。任多少眼泪、多少思念都填补不了。

舅舅一定是不想看见我们流太多眼泪的，他一定是希望留存在我们记忆里的画面，一直是温暖而香甜的，如他一手烹饪出来的甜点。

儿时，我们几兄妹最喜欢走的亲戚家，便是舅舅家。舅舅烧得一手好菜，还会做一些新鲜的菜肴，比如拔丝苹果、拔丝香蕉等可口的甜点。那些美食，都是那个年代里的稀有之物，着实熨帖了我好奇的胃。

有一段时间，母亲赋闲在家，舅舅鼓励她学面点技术。师父便是他自己。

发老面、蒸馒头、做烧麦……母亲逐渐掌握了这些生活技能。母亲回家时，舅舅还送了一套竹编的小蒸笼。

那套小蒸笼，蒸出了一笼笼热气腾腾的美味，更是蒸出了一个家庭新的烟火气。

姐夫是北方人，爱吃饺子。他到湖南过第一个春节时，我陪母亲一起包着饺子等他们回来。那一笼笼饺子，让外乡的姐夫尝出了家的味道。

离开澧县老家时，母亲将那套小蒸笼也带到了常德的新居，一并带着的是舅舅的祝福。

在常德，母亲也时常用那套蒸笼蒸出甜点来。那是暖暖的味道，甜甜的味道。这些味道，与舅舅过年过节时，为我们端在饭桌上的味道是一样的。

只是这样的味道，舅舅再也无法给予我们了。

不知为什么，想起舅舅时，心里有痛，更有暖。这份暖，仿佛是他烹饪出的那份甜点的暖，仿佛是我儿时他抱起我的那双大手的暖，仿佛是无数个冬天里在舅舅家围坐在火炉旁的暖……

舅舅生命的火，萎了，他却留给了我——一生的暖。

写于 2021 年 1 月 14 日

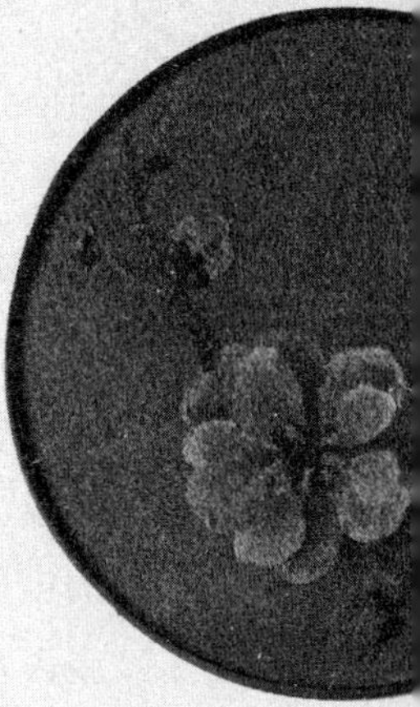

难得的遇见与故事

一日，偶尔路过一家工艺品店，走了进去。

橱窗里摆放着一些链子、手镯、耳环等饰品。材质各异，有珍珠、玛瑙、玉石；款式不同，有链条、流苏、项圈。

这家店子，与别的店子有着很大的不一样。所有饰品没有标价，每款只有一件，不少款式只是陈列而不出售。

我有些好奇。

店主告诉我，这些饰品，有的是她自己设计的，有的是从各地旅游收藏得到的。有些款式，她自己爱不释手，因为与它们之间有故事。

一旦饰品出售了，故事也就没有依存之所了。

满橱窗的饰品，原来是满橱窗的故事。

我取出其中一件。那是一只缀着红色

玛瑙的银手镯。银有些古旧，泛着淡淡的暗光，全然没有新银的鲜亮。

店主笑着说起与它的故事来。那都几十年了，在尼迫尔购买的，具有浓郁的异域风格。“现在应该都买不到呢。每件，隔了不少的年月，便都成孤品了。”店主介绍，眼里写着满满的欢喜。

我极其喜欢一条流苏款的毛衣链，链子缀着各色小宝石，有翡翠，有蓝红，有绿松等。

店主将它取出，说起故事来。

这款流苏，是几年前她在长沙拜师，请一个工艺大师设计编织的。那些各色小宝石，都是从各地淘来的。几根深色的绳子，便将它们系在一起，叮叮当当的，讲述着各自的故事。轻轻的，脆脆的，都是极其好听的故事。

每说起一件饰品，店主并没有希望顾客带走它们的渴望，而是有着分享的欢欣，有着分离的不舍。

店主的那份神态，让我有些心动。仿佛她只是看上它们一眼，几十年前的日子便就回来了。如那只古拙的银手镯，有了岁月的磨砺，虽不光鲜但异常珍贵。

原来，让人倍感珍惜的，并不是这些所谓的“珠”与“宝”，而是依附在物质之外的那些记忆、那些经历。

突然之间，我觉得自己就是一个富足的人。因为我收藏着太多的记忆，那些老旧的书信，那些泛黄的贺卡，那些翻坏的书籍……它们都是我生命中难得的遇见与故事。

写于 2021 年 1 月 24 日

语言的风筝

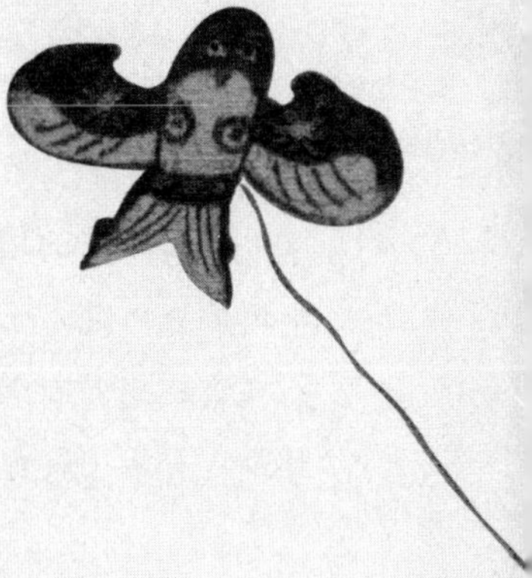

一天，遇见一位许久不见的朋友。她向别人介绍我，说："她写小说。"

我笑了笑，没有说话，默认了这个美丽的错误。

要是以前，我一定会笑着回复："我很少写小说哦。"

那时，我还年轻，语言奔跑的速度远远快于思维。于是，我便在不知不觉中，说错了不少话。尽管这些话，本身并没有错。

语言，如风筝，若不将它拴好，它就飞得老远，拉都拉不回。

成熟的标志之一，大概就是学会了让思维跑在语言的前面，调整这只风筝奔跑的速度。

读书时，同学们笑我说起话来就像纺纱一样，一梭子一梭子，线就跑出老远。那时，语言的风筝，是无忧无虑的，洁白，自由。

随着年岁的增长，这洁白的风筝，便落上了世俗的沉，变得不再那么单纯。于是，人与人之间，变得客气。

客气里，有着陌生。就像一只手，持着风筝的线，线绷得有些紧，勒出一道血印。血印细细的，却是扎心地疼。

写于 2021 年 1 月 29 日

梦里流淌一条河

小镇老家的屋外，有一条小河。河坡有落差，河水便日夜奔流，发出“哗哗哗”的声响。

傍河而居的夜里，那么闹腾，我却未曾失眠，一夜夜睡得十分安稳。

梦里，流淌过一条河，眠床仿佛如一叶小舟，载着我荡进梦的深处。

如今，城里的夜，则难以有如此热闹的宁静。

城市里的那间卧室，正处于两条巷子的交汇处，尽管安装了双层玻璃，夜晚也还是显得有些喧嚣。

车轮碾过路面发出的摩擦声，房屋周围突然冒出来的工地的打桩声，还有醉酒人夜归时的酒话疯话。不眠的耳朵，仿佛是雷达，将它们一一捕获。

城里夜晚的街道，也是一条条河流，渡那些夜归的人过河。

为何小镇的河，日夜奔流闹腾，我却能闹中求静？为何城里的河，于宁静中偶然响起喧哗，我却难以安顿一颗不眠的心？

到底，闹腾的是它们，还是——我们自己？

儿时，世界是宁静的，没有什么能在心里掀起波澜。喜怒哀乐，都是简单的。不愉快的事情，仿佛只是铅笔写在纸上，用一块橡皮，便能将它们轻轻擦去。

长大后，心里承载的东西越来越多。世俗的烦恼，社会的评判，所留在心里的痕迹，不再是铅笔的笔迹，可以轻易擦去。而是一个字一个字，如同烙印，烙在心里。

成人的世界，其实每个人都有自己的苦，心里都有着疼痛的烙印，只是不展示于人而已。

不与人说的时候，便说给自己听。在宁静里反思、顿悟。一个字一个字，砸在心河里。于是，夜，便不再宁静。

写于 2021 年 2 月 1 日

聆听大地深处的声音

喜欢寻访大地间的一些历史基因。

身边的那一方方土地，我们自以为很熟悉，其实，只是陌生的熟悉而已。

陌生于它藏在时光深处的文化密码，陌生于它掩于青山之间的历史足音。我们所看见的，所聆听的，只是眼前的一点点现实而已。

时光的留声机，说着些什么？要去聆听，需得更近地去靠近那段历史。

如何靠近？那就需要用脚步更近地贴近，去听大地深处的那些声音。

我喜欢这样的行走。穿行于老巷子里，漫步于老村落里。我不喜欢人为修旧如旧的地方，因为，再旧，都是做旧。那些旧，不是那里的风吹旧的，不是那里的人用旧的。

真正的旧，你一眼就辨认得出来，那是世代守望的传承，缝隙里除了岁月的尘，便都是故事。

走着走着，我会突然感动于某处老房子的沧桑，会突然心疼某处阁楼的旧痕。

这种感觉，似乎就是从大地深处传过来的，如电一般，通过我的脚，瞬间传遍全身。

那样一次次地行走，就仿佛变得神奇起来。每一步，都在触动一些神奇的密码，都在激活一些久远的记忆。

突然明白，为何多年前，我喜欢跟随着考古队员们出发，对一锹挖出来的那些片瓦、那些残砖有着莫名的喜欢。考古专家收集的是老的物件，是这些物件鲜明的标签，比如来自什么朝代，来自什么身份的人，我收集的是老物件背后更多的人文表情、故事温度。一个是理性的分析，一个是感性的联想。

我喜欢这样感性的文化体验，喜欢这样在时光里行走。

我不知道，我是否真能听懂大地深处那些久远的声音，但是，我一直在聆听。

写于2021年3月4日

暖

每个人，心里都藏着暖。

也许，因为彼此陌生，你看不见对方的微笑，感觉不到那份暖。靠近，聆听，你便会感觉得到。

她是一个母亲，带着年幼的孩子乘坐箱式电梯。

电梯里，陌生的人们没有交谈，没有微笑。

突然，年幼的孩子不慎将手卡进电梯门。年轻的母亲傻了眼，不知所措，急得哭了起来。

同在电梯里陌生的他，使劲将电梯门扒开，并用自己的身体做支撑，硬是将密封的电梯门扒出一条缝来。

孩子脱险。

男子离开。

惊慌失措的母亲这才想起，不知道他的名字，甚至连他的样子都没有看清。但是，他，会一直留在她的心里。每想起，都是暖的。

他的好友是篮球队的主力，谁也没有想到，身体健康的运动干将会被白血病打倒。

好友进行骨髓移植手术后，出现术后排斥，没能挺过来。

尽管充满爱的造血干细胞没能挽回朋友年轻的生命，他依然感谢那个不知道姓名的志愿捐献者。毕竟，他曾给予一个患者以生的希望。

思念的方式，有许多种。

他选择了更加温暖的方式，和其他四名同学一起，前往长沙，签订造血干细胞志愿捐献书。

无数个你我，走在路上，彼此陌生，谁也不知道谁心里的爱与暖。

你看不见，但是它们一直都在。

于是，我便一直坚信，这个世界的暖。

写于 2021 年 3 月 15 日

敬畏红土地

越懂脚下的这方土地时，人便对它越存敬畏之心。

一次次地踏寻这方红土地，听着老人们讲述过去的故事，我的心，充满感动。

不，不仅仅是感动这样简单，更有一种冲动——我想一步步走近它，亲近它，解读它。

河流，是向外的，汇入辽阔的海洋。

我心如河流，所不同的是，它是向内的，流进我所生活的这座城市的更深处。

草根文化的根，原就是在自己所生活、所熟悉的那片土地。

根，深深地扎进去，方能探到土地深处的水源。

历史深处的故事，祖辈先人的声音，这都是隐藏着的水源。

它们不会自己冒出来，等着有人去挖掘。

也许，便有这样的水源，在等我。

写于 2021 年 3 月 29 日

与花语

追赶着一场接着一场的花事。这个春天，总算没有辜负。

其实，每年春天，花都是这样开的。樱花粉，梨花白，菜花黄，桃花红。

去年发过花的枝丫，今年绽放的，依然是相似于去年的花。但是不知为什么，每年春花盛开时，还是想去看。

不去看看，便觉得辜负了它们。

其实，它们并不在意谁去看。看与不看，它们都要开花。

花，并非为悦己者容。

你来或者不来，它都会开得漫山遍野。

你悦或者不悦，它都会开得娇艳动人。

有人曾以为，花过于柔弱，没有骨气；也有人批评，花过于张扬，不懂掩饰。其实，那是你不懂花。

一年年追赶着花期，一年年聆听着花语，我似乎慢慢懂了。

懂生长的万物，自有它的独立个性；懂生命的意义，并没有标准的答案。

写于 2021 年 3 月 31 日

好好告别

（一）

院子里，有一个快乐的老头，时常一个人背着手转悠，见谁都一脸微笑。

清晨、黄昏，我时常见他。见面的次数多了，我们便成了陌生的熟人，彼此会打打招呼。

一天，看见他，他还是一个人，只是一边走却一边哭。

我很是吃惊，不敢喊他。

母亲悄悄告诉我，前几天，他老伴住院了，胃癌晚期，生命进入倒计时，可能只剩两三个月了。

我愣住了。

他独行的身影，怕是要更孤独了。

也许，他还得在走进病房前，赶紧调整表情，亮出他的微笑。

这一哭一笑的转换，对于一个 70 多

岁的老头而言，该是有多难。

院子里，一树一树的橘子花开了，很香很香，洁白的颜色，却仿佛是——告别的花。

人生，充满了告别。多少告别，都无法好好去说再见。因为，再见，其实是——再难相见。

（二）

一棵橘子树下，有一间矮矮的小木屋，木屋空着。时常趴在小木屋外的威威不见了。已经好多天没有见它。

威威是一条金毛狗。主人养了它10多年。以前见它，我唤它，它会摇着尾巴跑过来嗅嗅我。

后来，它的脚步放慢了。

后来，它都不起身了，只是趴在地上摇摇尾巴，算是和我打招呼。

主人说：“它的年纪到了人的年纪的八九十岁。”

再后来……

小木屋一直空着。

我没有去问它的主人，怕一问，他们会落下泪来。

亲近的人，亲近的情，断舍离，便是锥心痛。

好好告别，其实——最难告别。

写于2021年4月26日

味道

当我坐在窗台前，敲击键盘，窗外阳光暖暖的，窗内也是暖暖的。

母亲正在茶几玻璃台上揉面、做包子；父亲正在厨房，将做好的包子放进热锅。

小屋里，热气腾腾。

父母在，家给我的感觉，就是这般的暖，暖到似乎要将所有的疲倦与不安都通通融化。

家里许多角落，都散发着这股暖。

餐桌上，放着一罐糯米酒。那是父亲酝酿的。酒糟已经过滤，淡青色的酒存在玻璃罐里。只需看上一眼，心便醉了。

冰箱里，存着他们前几天包的饺子，有猪肉馅、牛肉馅，个个肥嘟嘟的。

前些天，裹着韭菜与鲜肉的春卷才吃完，父亲又计划着等冰箱腾出地方来，再包一点放着。

老院子里，父母栽种的枇杷，已经结满果实，一树黄澄澄的，睁着大眼睛盼着我们回去。

父母总是想着法子，抚慰着我的胃，让我能记住那些食材的味道，以及一些动人的场景。

比如今天，母亲做包子时，穿着一件红衫，她的笑，被红衫映红，十分好看。

比如今年的春天，父亲端出一盆春卷，满眼欢喜，还不等我咀嚼，就迫不及待地问：“味道怎么样？”

比如去年的秋天，母亲要给我们做桂花糕，她来到桂花树下，摇落满枝的桂花。那些芬芳的小花瓣落在母亲的发间、领间、袖间，也落在我的心间。芬芳，一直都还在……

那么多的味道啊，父母想着法子，把四季的芬芳，揉进羹汤。让那些天然的食材，又拥有了别样的味道。

这样的味道，我却没有天赋呈给我的孩儿。在儿子的眼里，我的烹饪水平，属于食堂的级别。

也许，我所能给予他的，是用文字，记录下生活的百味。

这种味道，也许，要等他到了某个年纪，才懂品尝。

写于 2021 年 5 月 30 日

朴素的光芒

她站在舞台上，并不起眼，衣着朴素，容颜朴素，连笑容也很朴素。

她是一名舞者，来自澳门，以一个游客的视角认识常德。常德的擂茶、常德的丝弦、常德的妹子，都写进了她的作品。

她的作品名叫《湘遇》。

一群“湘人”，用肢体语言去解读她的作品，去呈现她眼中的常德。

舞台与观众席紧紧相连。音乐响起，一群舞者直接从观众席跑上去。

观众席，是舞台的延伸；观众，成了节目的参与者。演员们在舞台上，问观众是不是第一次来这里，下次一定要记得再来。观众们一一回应着。这些都成了节目的一部分。

台上台下的互动，拉近了观众与节目的距离；她谦和的语言，拉近了澳门与常德的距离。

“湘人”们的表演结束后，她对大家的到来表示感谢，情到深处，什么都不说了，那就跳舞吧！

跳舞，是舞者最好的表达。

当她开始用舞蹈说话，她的衣着还是很朴素，只是容颜与笑容都不再朴素，发出耀眼的光芒来。

她的眼波流转，她的身体律动，她赤着脚踩出愉悦的节奏，她绽放着笑将酒窝盛满欢欣的酒。

她还是以前的她。她又不再是以前的她。

我的目光被她紧紧锁住。

全心地投入，熟练地表达，会让一个人成为人群中的发光体。

真正的发光体，无须装饰，还时常会用朴素来掩饰其风华。

如一束白色的光，却蕴藏着赤橙黄绿。

如一杯无色的水，却饱含着酸甜苦辣。

写于 2021 年 6 月 6 日

我只求一树，却得一片林

在网上购得李元洛先生的书作《千年至美莫如诗》，本想着能求得他的签名，便十分知足，却没有想到，他给我寄来了20多本不同书籍，而且每本都签了名、盖了章，还尊称我为“女史”。

女史是对知识女性的美称。

满满的一大盒书籍，让我感动不已。

15年前，也就是在2006年5月15日，石门茶文化节上，我认识了李元洛先生。那时，他陪着余光中先生前往石门。那次相见，李元洛先生赠我一套书籍，即《绝句千秋》《唐诗之旅》《宋词之旅》。

15年里，工作单位变迁，家庭住址变迁，不少老的物件被舍离，不少旧的回忆被封存，但是这套书依然陪伴着我。

15年后，我将那套书籍拍摄为图片，发给李元洛先生，八旬的他十分感动，给我发来长长的微信，并告诉我这个集子已经有新的版本，而且还出版了《元曲之旅》《清诗之旅》。

他将整套书都寄给了我。

在《千年至美莫如诗》一书中，李元洛先生谈到两个词：期待、惊讶。他认为期待胜于惊讶，就像我们守望太阳在预定的时刻上升时的感觉与猛然看见流星时的感觉作个比较，期待更胜一筹。

收到他满满一大箱的签名书，我的感觉是既期待又惊讶。期待，是一种等待，是一种守望，是已经知晓他寄出了书籍后的期许。惊讶，则是因为只期待一棵树的我，却收获了一片林。

我该如何感恩？

我想，一个读书人对写作者的感恩，便是——好好读书吧。

写于 2021 年 8 月 22 日

空气胶囊

清早，到穿紫河散步。

清晨的空气，有着一股别样的气息。花瓣舒展散发的香，叶片被风吻过的甜，草生长时从泥里钻出来的清新，还有河风不知从哪里吹来的说不出名字的味道，一丝丝，一缕缕，交织在一起，在某个地方便形成了一个个特殊的空气胶囊。

这是它特有的气场。每个胶囊的味道都不一样。

靠近河边的味道，与靠近草场的味道不同；在一株垂柳下的气息，与在一棵合欢树下的气息也不同。

如何才有可能感知到这些不一样？

需赶在他人去之前去。因为，去的人多了，空气胶囊便会夹着不少的杂味儿——人的味，尘的味。

需早早去。因为，空气胶囊不会久留，温度升高，它便会如叶间的露水，慢慢散了。

还需带着敏锐的嗅觉去，要不然，它在那里，你的心，却不在它身上。

好的新闻素材，好的创作灵感，好的机缘巧合……很多好的东西，如这一个个特有的空气胶囊，都需要好好把握。

写于 2021 年 8 月 29 日

保护老物件，有一种方式，便是好好用着。

用着，这些老物件便依然有生命的活力，有温度的传递，有手与手之间的交接，有心与心之间的托付。

如一块祖辈们传承下来的怀表，时间依然滴答，它默默地记录着几代人的光阴。你若将它锁于柜中珍藏，它便失去了温度——人的温度。

如一方祖辈们使用过的餐桌，桌面上依然摆放着几辈人传承下来的世俗烟火。你若是将它置于角落收着，它便远离了味道——爱的味道。

行走于溪上博物馆，我看见不少老的物件依然还活着，就好像看见一位老人，年岁虽大，但依然还在，老人手心里的温度、吐纳间的气息，都让我感到安心。

这是一种特殊的陪伴——生命的延续

与陪伴，它远远胜于置之高阁的遗忘，胜于藏于密处的寂寞。

从各处收集来的木雕、石刻、瓦罐等老物件，在溪上都自有它们的位置，或镶嵌于桌椅、窗格，或点缀于庭院、曲径，都成一景。

那一排排依山而立、层层叠叠的老水缸，古朴、笨拙。下雨时节，那淅淅沥沥或者噼噼啪啪的小雨、大雨，落于缸中，如同敲击着一排排编钟，演奏着古老的歌谣。每一场演奏，都会有不一样的感觉。节奏不同，雨点不一，和声有变，皆成旋律。

那竹林深处的红砖房，用的是老的红砖，盖的是旧的黑瓦。每一块砖，每一片瓦，都有岁月的厚度与人的温度，都曾是替某个家园抵挡过风寒，都曾是如一页页的书记录过人世间的烟火。它们，绝不是简单的修旧如旧的再造。那样的新砖新瓦，一出生便老了——太仓促的老，太毫无记忆的老。红砖房旁的竹林，是爷爷那一辈栽种的，竹根紧握的泥，曾是爷爷辈用手握过的。一砖一瓦，一竹一泥，都是岁月写就熟悉与亲切。

那条石径，嵌着一方方石磨盘。那些磨盘，曾磨过豆、出过浆，或曾由驴拉着，日复一日地旋转；或由手推着，年复一年地消磨。石磨上的那些纹路，如人手心的掌纹，藏着故事。

那些床，那些凳，那些雕花，那些镂凤……那一件件曾被遗弃、经历沧桑的老物件，在溪上寻找到合适的位置，得以安生。

我们与几百年前的烟火，隔着很近的距离，它们就在眼前，就在手边，就在脚下，就在——溪上。

写于 2021 年 10 月 4 日

晒

屋檐下，红色的三角梅，一串串，如鞭炮一般，噼噼啪啪开得热闹。

小楼前，金黄的月桂花，一缕缕，与秋天的阳光交织，编织出暖暖的甜。

今天是霜降。阳光很好，如阳春一般。

前段时间，下了太多的雨。空气湿漉漉的，连人似乎也有些潮润，会长出霉来。

母亲推开窗，将前段时间一直晒不太干的衣物，挂在暖阳中。

我推开门，把自己搁在阳光里。

化为一朵三角梅，或者一片月桂，或者穿紫河里的一朵浪花，在秋日里，暖暖地晒晒。

每个人，都有低落的时候，都有彷徨的时刻，都有暖，都有凉。如四季，有着不同的温度。

万物晒秋，连冰凉的铁座椅，也被晒暖。

将自己搁在阳光里，让阳光为我们梳理。如母亲手中的那把木梳，一点点梳理我们杂乱的发丝。

霜降过后，便是冬。

会冷。

不怕，因为——心里有暖，有太阳。

写于 2021 年 10 月 23 日

古稻田里的温度

这是一片迄今为止我国发现的最古老的水稻田，距今6500多年。这里，被称为“稻作之源”。

最古老的稻田，依然繁衍生息，春耕秋收；这盘庞大的根系，不断生发出新的稻穗，一年年稻浪奔腾。

稻浪奔腾，席卷而来的，是文化的生生不息，是生命的代代延续。

在祖祖辈辈耕种过的土地上，继续耕耘。

躬耕的背影重叠着过去的背影，行走的脚步叠加着先祖的脚步。这既是简单的重复，但又不是。

重复的，是土壤里一年四季的恒定规律，比如哪个季节播种，哪个时节抽穗，哪个时令收割。不同的，是这个过程中的人文细节与故事温度。

央视《记住乡愁》栏目组踏上这片古

稻田，便是来寻找这样的细节与温度的。

城头山镇詹家岗村，是一个稻田里的村庄。家户门前屋后，常见的风景，便是稻田。

我们去的时候，丰收的稻田已经收割，留着一茬茬稻梗。田野安静而祥和。热热闹闹的，是家户的门前屋后。未干透的稻子，正在门前晒秋。晒好的，便归于屋后的粮仓。

大人们，依靠这片古老的稻田生活。他们对稻谷的爱，是刻在骨子里的。

种粮大户覃业云，热情地邀请央视《记住乡愁》拍摄组去他家做客，尝尝他们家的稻米。

一些外地的客人，在他家定了新米。覃业云发动机器，打稻机轰鸣，不久，金黄的稻子便脱壳，一粒粒饱满的白米便装满袋。

覃业云煮了几锅新米，让我们尝尝“城头山大米”这古老而新鲜的味道。

揭开饭锅，满堂生香。这芬芳里，有农人对土地的感恩与珍爱，也有稻谷对农人的体恤与懂得。

皮肤黝黑的覃业云，脸上、手上，刻着农作的辛劳，也写着生活的知足。

闻着一锅新米的甜香，我不由脱口而出：“最古老的稻田，最芬芳的大米——城头山大米！”

覃业云听后，要我将这几句话发给他。说不定，这就是他家大米的推介词。

稻田里的孩子们，还不太懂得劳作耕耘的辛苦，但是懂得要珍惜粮食。我们走进幼儿园，孩子们唱起了拒绝浪费的儿歌，其中便唱道：“要珍惜一粒米，一滴油。”

他们的成长，与身边的这片稻田息息相关。

这片稻田的温度不会冷却，又何尝不是与这些孩子们有关呢？

看着粉嘟嘟的小脸，听着脆生生的儿歌，我突然感到，这些稚嫩的孩子们，不正是我们在城头山这片古老的稻田里，播种收获的最有生命力的“稻穗”吗？他们一年年地成长，一代代地延续，正是因为生命不息，这片古老的土地，才一直没有睡去，而是依然耕作，仍旧收割。

写于2021年10月30日

渡河

岁月是河，一条连着一条的河，首尾相连，向未来延伸。

一个个的日子，便是一朵朵的浪花。

更多的日子，是平淡，是安然，是难以记住的单调与重复。

但总需有些日子，是要泛起涟漪，激起浪花，闪出光泽。要不然，这条生命的河，就会寂寞。

于是，有趣的人，总会聚在一起，或歌或舞，或品茗或赏花，或吹箫或读诗，于是，普通的日子，便精致起来。

以前，别人说我们是“文艺女青年”，我还有些极不情愿。因为，在许多人的心里，这个称谓，意味着有些不食人间烟火，有些不谙世俗人情，有些偏执，有些清高，甚至还有些愚钝。

那时，我还会与他们解释一番，拉开我与文艺之间的距离。现在回想起来，不觉可笑。

文艺女青年，怎么了？这不是一张很好的生命标签吗？

我们热爱生活，哪怕它们原本平淡无奇，我们依然相信平淡中蕴藏着无尽的美好。就像别人看一朵花的盛开，只当是季节的寻常，只当是一年年的重复，我们却依然会寻找花季，去静候她的绽放，去目送她的凋零。一朵朵寻常的花，会在我们的眼里、心里，进行第二次的绽放。

我们有些挑剔，在学会悦纳的同时，更学会了拒绝。我们会用文艺这把尺子，量出真实场景与心灵世界的距离，然后，我们用诗词歌赋，用一声声的洞箫，用一点点的小欢喜，填充这段距离。于是，我们既文雅，又不失生活的真实。我们会有点点小孤傲，但不孤僻；有点点小骄傲，但不傲慢。我们也食人间烟火，但是，会在烟火气中，修炼出那一缕缕的人间仙气，去给我们世俗的心灵沐浴。

今天，在新年的第一天，我们以文艺为小舟，载着我们——渡河。

写于 2022 年 1 月 1 日

解文化的乡愁

我喜欢前往新闻现场。那里，是池塘，是海洋。

我，是一尾鱼。

鱼在那里，总会遇见许多有趣的水花。

那些做事有干劲、活得有热情的人，便是我乐于遇见的水花。

他们时常会一头扎进一件事情中，一干就是几十年，甚至一辈子。

河街的一艘小船，是雕刻师潘能辉的工作室。船泊在穿紫河湾，一轴铅笔绘制的《湘行散记》便陈列于小船里。小船，成了一艘特殊的画舫。

他和同为雕刻师的爱人，搭起板凳，站在一人多高的画幅前，小心翼翼地卷动两边的画轴，穿紫河上的风雨桥，凤凰的吊脚楼，沅陵的乌篷船……随着河流，一段段的漂到我的眼前。

那是他们带着相机、画笔、无人机，随着沅水考察数月、笔绘数月的成果。一路行来，曾经摔坏了无人机，曾经迷失了方向，曾经……

一笔一画，都有实物的佐证。有的来源于他们拍摄的图片视频，有的来源于当地人提供的史册。一艘船，一楼台，都不随意。

我不由惊叹他们一路走来的坚韧与浪漫。

长达 7 个月的寻找与勾勒，还只是开端，更远的路，更久的时光，还在后头。他将把这幅长达 20 米的《湘行散记》，采用双面深度镂空雕刻技法，一笔一笔地雕刻在长 10 米、重 10 吨的红椿阴沉木上。时间规划是 8 年，也许更久。

距离潘能辉的画舫不远处，有一家麻质画作坊。李健鹰正在一块麻质的画布上，用彩色的麻粉作画。

铅笔在麻布上勾勒几笔线条，刷子在图形上涂上一层白胶，巧手将红色、粉色的麻粉颗粒散落在胶面上，木槌在麻布上有节奏地轻轻敲打，只见麻粉颗粒跳动，一枝怒放的桃花便在麻布上栩栩如生地绽放开来。

住河街，画河街，解乡愁。李健鹰潜心投入乡愁主题的创作，加入老常德的文化元素，围绕历史记载里的河街旧貌以及河街变迁，创作百来幅作品，再慢慢花时间，将其中的一百幅制作成麻质画，连接起来，成为一幅30米左右的长卷，以时间为轴，展示河街的过去与现在。这是一个将花费长时间的大工程。

让更多的人，来到河街，看得见过去，望得见乡愁，记得住常德，这是她和潘能辉共有的一个心愿。

在常德河街，在这条流淌着老常德千年乡愁的街，我邂逅了两朵有趣的水花，正是因为有着这些水花激起涟漪，我们才能更好地解一缕乡愁——文化的乡愁。

写于2022年1月15日

暖春

这是一段很难忘的经历，无论是对于沅水童声的孩子，还是对于我，都是如此。

接连几个星期的周末，我们都会相聚在常德，用声音讲述常德故事。每一次相聚，我都希望她们能有不同的收获。

一个人，只拥有一根火柴的微光；一群人，便会是一团火的灿烂。

很幸运，在这座善德之城，每一次善意的呼唤，总有回响。

得知乡村里的孩子们需要课外书籍，市图书馆积极给我暖心的回应，捐出数百本书籍。

得知沅水童声的孩子们来到常德，北恒小学积极给我热心的响应，组织“用爱画一个同心圆”志愿服务活动，两所学校的孩子在互动中增进友谊。

得知孩子们对梦想城充满期待，常德

市妇联赠送给她们一叠梦想城的门票。

麻质画的传承人李健鹰老师耐心地给她们讲解麻质画的制作原理，并不因为她们是孩子而随意敷衍。

桃源工雕刻师潘能辉夫妇俩打开藏品大门，请孩子们参观，并不因为她们是孩子而婉言谢绝。

孩童眼里的世界，是暖色调的，就像麻质画布上绽放的春天。

她们爱极了这样的颜色，并用她们单纯的童声，回报着身边人给予她们的温暖。她们会彬彬有礼地道谢，会主动问好，会用纯真的沅水童声齐声朗诵。

有爱的春天，无论春寒是否料峭，都是暖春。

写于 2022 年 3 月 8 日

行走的钢笔

小女孩一定要送给我一支钢笔，一支蓝色的钢笔。

2021 年，我第一次去她所在的学校采访沅水童声朗诵团的故事，便请这些孩子在我的留言本上签名。

她好奇地问我："为什么要请我们签名，我们又不是明星。"

我笑着说："因为，你们就是'明日之星'啊。"

她开心地笑了，与朗诵团的其他孩子一起，热热闹闹地在本上写下："沅水童声"明日之星，并签上各自的名字。她还在自己的名字旁画了一只可爱的小熊，有的画了一只小兔子。

第二次见到她，是在寒假期间，我去剪市采访孩子们讲述家乡故事、拍摄农家做豆腐。乐观、活泼的她一见到我，就跑了过来，开心地说："嗨，我们又见面了。”

午饭时，她坐在我身旁，悄悄地凑到我的耳边说：“我有两个妈妈。”

我一愣，立马就明白了。

女孩所在的这所学校，以留守儿童为主。这些留守儿童中，还有不少是离异家庭、组合家庭的孩子。

我对她悄声说：“你要相信，不管如何，两个妈妈都是爱你的。”

她点了点头。

那次，在拍摄现场，我看见了她的新妈妈。新妈妈是外省人，在一旁默默地陪伴着她。

第三次见到她，便是我们共同参加市妇联的朗诵活动。这次排练，好几个周末，我们都朝夕相处。我陪她们看常德的非遗产品，陪她们参加城乡学校的互动活动。在演出前的晚上，为了照顾她们，我和莞清更是与参演的八个女孩住在一起。

临别时，女孩定要塞给我一支钢笔，一支蓝色的钢笔。

钢笔蓄满了蓝色的墨水。如同我的内心蓄满了爱与温暖。

一个写作者，又何尝不是一支钢笔呢，一支行走的钢笔，在大地这张硕大的稿纸上，写下爱的诗行。

写于 2022 年 3 月 13 日

大地，是诗稿

这真是一片安静的田野，油菜花静静地绽放，芥菜静静的葱绿，稻田静静地等待播种。

一方方的田畴，宛如棋盘，似乎随便选一块田畴，无论从哪个角度看，都是方方正正的。

这方棋盘上演的，不是兵来将挡的生死泯灭，而是人与自然的共济共生。

这方棋盘，一方格一方格，又宛如一张硕大的文稿纸。人们将一个个字，一个个春耕秋收的生命故事，写进方格里。

一群女子，在田间排成一行，手持小型播种机写着一篇天地文章。

随着播种机“嘟”的一声，一粒毛豆的种子便被植入土地。那一声声的“嘟”此起彼伏，一粒粒豆种被写进文稿纸中，写成了一首关于春天的诗。

写于 2022 年 3 月 15 日晚

土壤里的光阴果实

要熟悉一个地方，得去那里走走，亲近那方土壤的温度，你才会真正感知那里生长出来的不一样的光阴果实。

西洞庭农场，特殊历史时期围湖造田的产物。1955年，4900多名知识青年来到那里拓荒开垦。

他们身穿棉衣、短裤，站在水车上排水；他们披着蓑衣在风雨里修筑；他们在四面漏风的茅屋里歌唱……

他们以青春为经、汗水为纬，在大地上开垦出“六经七纬”的硕大“棋盘”。这方棋盘，如今依然春耕秋收。

一格格棋盘，收割不一样的收获。

有的油菜花正当花季，有的正在播种毛豆种粒，有的正在收割芥菜……

围湖开垦的农田，十分肥沃。勤劳的农人与肥沃的土地，都不会闲着。

这块土地，生长着庄稼，还生长着特有的光阴故事。

一位退休老教师，花费多年时间，收集西洞庭农垦历史的老物件。

一位年轻画家，花费 3 个多月的时间，创作《农垦 1955——那时我们正年轻》，从扁担、镰刀、马灯、茅屋四个章节，再现农垦历史。

……

这些，都是这片土地结出的果实。

我只有站在那片土壤上，伸手去摘，才会摘到。

写于 2022 年 3 月 16 日

第三章

别浪费了好好一块地

别浪费了自己，就像别浪费了一块本可以长出好庄稼的土地。

没有哪一块地，是长不出收成来的。除非，你已经决定不耕种，或者不去好好耕种，让这块地一直荒废下去。

这个世界上，总有着一些终日悠闲无所事事的人，也总有着一些看似忙碌却无所收获的人。

同样都是过尽一生，留在天地间的那方土地，却有着太大的不同。

选定好了适合那方土地的种子，就好好地播种下去吧。时间长了，不问收获，自有收获。

迷失在文字的森林里

清理书架。一本草绿色封面的小小日记本突然从一本书中跌下来，落在我的脚背上。

我好奇地打开一看，竟然是我初中时代留下的诗集！

日记本还是当年参加全校现场写作比赛获得的奖品。

这些年，它被我无意间夹在一本书里。跟随着我，从澧县搬到常德。在常德期间，又从一个书架搬到另一个书架。

这些年间，我还曾一次次不懂事地将一大堆泛黄受潮的旧书丢弃。而它，竟然幸运地躲过了一场场“劫难”。

我曾以为，中学时代的所有文字记录，包括课本、作文本、日记本、摘抄本都已经丢失。这本诗集，以着沉睡的姿态对待我的遗忘。也许，它早就意识到，哪天重见天日，给我带来的一定是额外的惊喜。所以，这些年，它便一直笃定而自信地沉默着。

我迫不及待地席地而坐，一页页翻过，认真解读一个被搁置了那么多年的自己。

那是我的字迹吗？

那是我当年的文思吗？

随手翻到1991年8月3日的一首《感觉》：“想你，念你/只能默默地对自己说/长长的空间/隔着你和我/多想写封信给你/父母的眼睛/却总在我背后……”当年，这诗歌中的“你”到底是谁？那么小的时候，我哪真有这种感觉？这一定是在模仿着谁成长的疼痛吧。

读着1991年7月26日的一首《照片》：“寄给你一个微笑/隐藏不住的/是酒窝中的苦涩与等待/而你却看错了/误以为微笑的我/是幸福快乐的女孩。”当年，我到底给谁寄了照片呢？微笑的我又为何不是真的快乐？十几岁的年纪，哪有那么多的愁绪？是不是宋词吹皱了一汪秋水？

当年我也有豪迈的时刻啊。一首写于1991年7月16日所写的《酒》似乎就是证明：“数年的沧桑苦难/化为杯杯浊酒/父亲/您不是最爱喝酒吗？/来！/咱们干一杯！/把以往流着泪的日子/都喝下去！”

翻到1991年1月11日的《致我的思念》：“是一道至今未解开的习题/自从心中的身影/在眼中悄悄地缩小/我就开始/握起笔。”真是一道让我难以解开的习题，“心中的身影”是真有其人，还只是文学塑造出的虚幻角色？

我一边阅读，一边自嘲。

当年，到底因为一件什么事，或者什么人，拨动了情思，使得我在这洁白的纸张上留下那一串串成长的歌吟？

这些诗句，是我曾留在岁月里的一块块路标。

如我行走在一片森林里，在一棵树干上留下一个标志，在某个拐角处堆上几块石子，给后来的自己一个指引。

多年后，我便会沿着这些标志，通往我曾经去过的地方，见到一个还在那里等待着的、不曾长大的自己。

这些长长短短的诗句，想带着我重返一个个日子。只是，我已经走得太远，隔着太多个日与夜，远得我已经把许多事情忘记。

但是，我又似乎一直不曾走远。这些年，我其实一直就生活在文字的森林里，还如当年的那个女孩一样，在阅读里寻找方向，在笔耕中执着前行。

写于 2019 年 9 月 30 日

别轻易丢失

家里曾保存着父亲的手写书稿。父亲在厚厚的一大沓薄薄的方格子信纸上，书写过他的剧作家之梦。

那一张张方格纸很薄，比父亲吹笛子用的笛膜厚不了多少。

那一沓手写书稿，叠放起来，应该有两三本大的新华字典那么厚。

那么薄的一张张，那么厚的一沓沓，这该是多少日与夜的累积啊。

年少时，我曾好奇地翻阅过那些文字。父亲记录的是推行家庭年产承包责任制过程中的故事。我看不太懂，觉得文字少了孩子需要的趣味，读过几行便放下了。

我念书时，家搬迁过好几次。那一沓稿纸，都被父亲当成宝贝一样，用塑料袋包上好几层，小心翼翼地搬来搬去，不曾遗失。

那时，父亲还年轻，心里的梦也未曾散去。

他时常对母亲说，等有时间了，再去修改。

等到他们跟随着我搬到常德后，那沓手稿却不见了。

父亲终于有时间了，他卸下了工作，生活的担子也从他的肩膀移到了我们的肩膀。可是，他却把时间弄丢了。丢在一个小小的世界里。这个世界，充斥着锅碗瓢盆的琐碎。

他的梦也弄丢了，与那一沓手稿一起弄丢了。

曾经西装革履的父亲，难道就这样心甘情愿将自己丢在厨房里，满袖油烟味?

曾经书卷味浓的父亲，难道就这样无怨无悔地把时光抛掷在无梦的虚空里?

没有梦的时光，每一天都是暗淡的，我们都只是虚度了它。

原来，梦，也是有年纪的。它如人一样，有年轻时的昂扬，也有年迈时的淡然。

梦未成的苦，其实，父亲懂。

这杯苦涩的酒，他独自喝下了。他不想留给我。

他交给我一只杯子，里面盛满了他替我节省下来的金灿灿的时光。

是啊，他把大量的时光留给了我。把原本应该由我承担的家务、劳作承担了过去。

父亲，我的梦，不会轻易被丢失。

为我，也为您。

写于 2019 年 10 月 8 日

别辜负

一盒清明绿茶，被我遗忘在抽屉。它吸了岁月的潮，被我放坏了。

原本硬朗的叶片，变得软塌塌的。

叶片里的春天，就这样慵懒地沉睡了，唤不醒来。即使用再滚烫的水，也捂不出它曾藏着的那个春天的气息。

我丢弃了它，辜负了一个茶农整个春天的忙碌。

其实被我们辜负的，又何止一盒春茶？

农人将收回来的草梗，堆在墙角。以为，哪天会用得着，或是用它点燃灶台肚子里的引火，或者填补哪头牲口的饥饿。放着放着，草一天天地腐了。农人不小心就这样辜负了它。

木匠将林子里的一截木料搬回家，立在门后。以为，哪天会用它来架屋梁，或者做点别的什么。放着放着，木一点点地朽了。木匠不小心就这样辜负了它。

真正的懂得，不是简单地收着。

简单地收着，就如同心疼一把镰刀，便将崭新的它一直悬挂在墙上，等待岁月将它锈蚀。

真正懂它，就手握这把镰刀，让秧苗、草梗磨去它的锈斑吧。

懂它，就别辜负了它。

写于 2019 年 10 月 12 日

心灵有耳

我的心里，有一只耳朵。那是聆听心灵深处声音的耳朵。

我们的耳朵，会听许多话。父母的，老师的，领导的，朋友的。那都是别人的话。

人还得留只耳朵，听听自己的声音。

似乎从小，我就懂得有时要与自己相处，要听听自己的心声。

儿时，女孩十分爱玩一种游戏。取一根长长的橡皮筋，由两人或更多人为支点，将橡皮筋绷开成三角形，或者更多的多边形。其他人员单腿起跳，沿着顺时针的方向，在皮筋上挑花追逐。

我却无法参与进来。我是“左撇子”。同伴们都是右脚起跳，用右脚勾住橡皮筋，而我则是左腿起跳。游戏过程中，我便会如逆向行驶的车辆，将她们的整个队形撞得一塌糊涂。

我曾苦恼，为何自己融不进那支欢快的队伍？

偷偷地，我与自己较劲。用凳子，或者树代替人，将橡皮筋绑在它们上面。练习右脚起跳，沿着顺时针奔跑挑花。右腿会突然如木头一样僵硬在橡皮筋上，左腿来不及刹车，我一次次被自己绊倒。

摸着伤口，我哭了。

感觉整个世界似乎都在和我作对。隐隐中，我听见一个声音在对我说：为什么一定要学着和别人一样?!

哦，那是另外一个我在说话。

爬起来，拍拍尘土，忍着疼痛，左腿起跳，沿着逆时针方向，一个人跳过一根根橡皮筋。汗水蒸发，自寻的苦恼也随之蒸发了。

慢慢地，我懂得，成年后，还有许多“橡皮筋”横亘在我奔跑的路上，需要我一个人一根根地跳过。

我不再惧怕自己和别人的不一样，不再执拗于自己所不能的。

我学会了，听从自己内心的声音，与自己相处。

写于 2019 年 10 月 17 日

别辜负一朵花

一番风，一场雨，一阵花。

一树一树金黄或浅黄的桂花瓣，承载不起风与雨的重量，落在湿漉漉的地上。

一把长条的竹扫帚，扫去了它们。堆在一起。如同花冢。

这场桂花花事，应是今年年末的最后一场了吧。要等到花满枝头，得到明年的金秋了。

幸好，我们赶在了这场雨前，留住了一段芳华。此时，被母亲藏在蜂蜜里的桂花，正在酝酿着新的芬芳。

望着只余点点残花的桂花树，我不由怔怔地想。

花，原不是仅仅开给人们看的。它应该更希望有人懂它，不仅懂它的色泽，还懂它的药性，懂它的价值。

花开与花落，这是花之人生的两个端点。就像人的生之起点与死之终点。

但是在这两个端点之间的距离，可长可短，可平淡可精彩。

花，高高地挂在枝头，等一阵风一阵凉，便悄悄陨落。这样的生与死，其实是很多花，以及很多人的生命过程。

生命的热闹，生命的芬芳，懂的，只有它自己。

也许，它会说，草木有本心，何求美人折。

或者会说，我自芬芳，蝴蝶自来。

对，这些都没有错，只是生命美得太寂寞。

我不喜欢这种寂寞。寂寞地开，寂寞地谢。寂寞地生，寂寞地死。

桂花的寂寞，是生命的大委屈与不懂得。

懂的人，别辜负了一朵花。

写于 2019 年 10 月 23 日

我与你之间

终于从不能呼吸的房子里搬了出来。

在那里，硕大的玻璃窗，将阳光与风雨都搁在近在咫尺却无法真实触摸的眼前。

仿佛是吊着的一块饵，时时诱惑着我，我却得不到。

同样被诱惑的，还有窗台上终年晒不到阳光的盆景。

它们原是向阳而生的。如今，阳光近在手边，却无法抓住。

我看见了它们的努力。那向着窗外的一侧，使劲地生长着，想更近地靠近窗沿边。

阳光距离它们最近的地方，便是窗沿边。太阳走到那里，就不进来了，如一个生疏的人，只在他人门前好奇地打探。有时，会在门前站得久一些，但是依然是不进来。看着看着，便一步步挪移，慢慢地将脚步缩了回去。

一天到晚亮着的灯光，给了它们光与热。但是，我懂，那不是它们真正需要的。

那些盆景，也会开花，像一个美丽的女子。只有我看出了她脸上的苍白。

我也看出了晒不到阳光、拘于那栋建筑里、我的苍白。

我不懂建筑。

也许，设计那栋建筑的人，不懂生命。

我们搬出后，在一栋古色古香的翘檐小楼里安顿下来。

电脑临窗而放。推开窗，便能见风、见雨、见太阳。

如果风稍微大一点，雨便会飘进窗子来。更多的时候，雨不打扰我，像一个小孩，伏在窗台上，就那么静静地看着我。

我喜欢这样的畅快。我与风，与雨，与自然的万物没有距离，自由呼吸新鲜的风，聆听雨打屋檐的声响，任大自然不遮掩地把它真实的冷与暖，呈现给我。

我亦是如此真实地把我的冷与暖，以文字呈现在你面前。

我与你之间，不需要那块硕大的玻璃窗。

写于 2019 年 10 月 25 日

时光是一尾鱼

曾偶然停于一处，留了一段较长的时光。

那时，时常会经过一间小屋。

小屋里住着一个年轻人。似乎从见面的第一天起，我就知道，我们不会跨越那道陌生的门槛。

因为，我从他脸上，看不见我所熟悉的阳光。

那是昂扬的阳光。可是不知为何，他竟然弄丢了它。

也许，他自己都不知道。

他守着那家店，却并不抬头看店，也不主动抬头看来往的人，也不看店外的那方天。

他的头上，悬着一些晒干的鱼。

我曾在一天里，路过那家店好几回，没见人来购买那些鱼干。而他留给我的姿势总是低着头，垂着眼。他的手里，放着一方小小的屏。他的视线，都被它锁住了。

那张原本青春、洋溢着阳光的脸庞啊，仿佛溺在一个沉重的梦里醒不来。如秤砣一般，往下沉。

时光就在他手中一点点地漏掉了，就像漏掉一尾尾鲜活的鱼。

那被浪费掉的一尾尾鱼啊，被冷落在沙滩上，变得干枯，如印在日历上的一串串干枯的数字，没有表情，没有温度。

那悬在他头顶的鱼干，是不是就是被他浪费掉的光景？谁会来为那些光景买单？

他并不心疼。也许，他觉得，年轻的鱼舱里，满满的都是鱼，容他这样任性地去浪费。

只是，他，就这样辜负了自己。

我编织着渔网。编得很细很紧，我不想漏掉属于我的那些鱼。

每一天的时光，都是一尾有趣的鱼。

所无趣的，只是无趣的人而已。

写于 2019 年 10 月 29 日

晒秋

秋天的阳光正好，如温水的体温，不烫不凉。

我得将自己拿出去晒晒，让每个枝丫、每根经脉都先储满阳光，好暖暖和和地过冬。

骑着自行车，车轮跟着阳光走，去哪里并不重要。

我看见许多和我一样晒秋的人。

墙根下，有人搬把小凳，悠然坐着，身旁一杯热茶悠闲地散发着缕缕热气。茶，似乎总不会彻底凉下去。阳光会给它加温。每一口喝下去，都是熨帖一般的暖。

河滩上，有人铺上垫子，舒闲躺着，任阳光如水一般地从脸上、脖子上一直流淌，直渗入到心里去。很少见到阳光的每一根脚趾头，都被阳光捧在掌心，哈着热气让它们暖和。

树、草、花，也都在晒秋。它们舒展着身子，生怕哪片叶、哪根茎错过了这大好的时节。那些生得重重叠叠的大片叶子，也许是已经老了，它们自觉地落了下来，给其他的叶片腾出一线缝隙，好让阳光进来。

亭，台，桥，它们也不愿意将这秋季的阳光落下，纷纷眯着眼，一副好不惬意的样子。那弯冰冷的手臂晒暖了，你得晒晒我的背，还有这常年待在水里的老寒腿。它们仿佛是一位劳累太久的农人，终于忙完秋收，可以歇口气了，坐在收割后的田埂，晒属于他的秋。

我还得拿出笔来，如吸墨一样，吸满阳光。这样，即使在最冷的冬日，流淌出来的每一个字，都会是暖暖的。

写于 2019 年 11 月 3 日

慢下来

一切是不是都太快？越来越没有耐心慢下来？

枝头的橘子，等不及它们熟透，就采摘了。

坛子里的酒，还没有酯出浓郁的醇香，便出坛了。

桌上的茶，片叶才在杯中舒展出那缕春色，你已经等不及，离开了。

日与夜的交替加快了。

分与合的转变提速了。

那曾经一段长长的过程，都哪里去了？

就像稻子的生长，得有续力破土的沉寂，得有萌芽拔节的欢喜，得有抽穗结籽的满足。少了哪一个过程，都不完整。

可是，不完整的成长，却又常在我们身边发生。

它们被人一遍遍催促着，快点快点。

结果，稻子还来不及扬花，就匆匆老了。

木心曾说，从前很慢。我不知道，到底是现在真变快了，还是我变慢了。

我以着我的速度，慢慢长大。如田野里的那株不起眼的稻子，续力破土，萌芽拔节。

写于 2019 年 11 月 8 日

生活，如一架石磨

生活，如一架石磨。每个人，抓一把如豆般的日子，放在磨盘里，磨出生命的味，岁月的汁。

每个人，磨完属于自己的豆子，便需离开了。留下这架石磨。

磨盘，日日磨，年年磨，却不会老去。它在时间之外，它在时间之内。它属于旷古，也属于未来。

老去的，只是磨豆子的人。

其实，每个人的生活，都摆脱不了同一个命题——生老病死。这道命题，如沉重的磨盘。我们无论怎样负重前行，都在围绕这道命题旋转。那藏于石扇间的磨齿正慢慢吞噬着我们的岁月。

该如何精心磨制那限量的豆子，让生命的汁液不是那千千万万个人磨出的同一种味？

该在每一个看似一样的日子里，添加些什么，才能让每一天都不是简单的重复，才能使每一年都不是枯燥的量的叠加？

我们依然执着地愿意相信，那一把岁月的豆子里，总有几颗是与众不同的，它的味，会让我们不愧此生。

写于 2019 年 11 月 13 日

等雨来

是该下一场雨了。

天空里，累积了太厚的尘土。确实需要一场大雨。

我们行走扬起的土，车轮旋转带来的泥，还有不知被风从哪里吹刮来的尘。

一层叠加着一层，尘土飞扬，悬在空中，似乎在积蓄能量，等待一个机会，沉沉地盖下来。

不能给它们这个机会。

风，使劲地吹吧！

风，确实来了，却也吹来了一些新的尘土。悬在空中的尘土已经太厚，风推不动它们，新来的尘便一点一点附在那块厚土上。

我不知道，是否还有人看见了那头顶之上的厚土。

也许很多人看见了，也习惯了。

也许，有的人，自己便是那一粒粒的

尘土，被世俗的风吹着奔跑，然后依附在世俗的厚土层上。

尘埃厚土之下，一根根高昂着的竹子、一棵棵望不见尽头的大树，直直地向上生长。像是谁的手，伸向空中，想捅穿那道尘埃的厚壁。

只是，它们离得还有些远，如同一个人使劲地踮起脚跟，伸长手臂，却依然触碰不到天。

不如来场雨吧，痛痛快快地来场雨，稀释这空中的厚土层，冲刷尘埃布满的天幕。

灰尘散了，阳光才能进来。

写于 2019 年 11 月 18 日

梦一般地挂起

刀，再锋利的刀，总不用，便钝了。

农人深知这个道理，挂在墙上的镰刀、立在门后的锄头、躺在地上的耕犁，藏了一个冬天后，总要将它们拿出来，通过劳作磨砺刀刃。

板结的菜地，冻僵的耕田，坑洼的泥塘，都是它们的练兵场。

不惜在一次次的收割、铲挖的过程中，用泥土掩藏光芒，才会有望得到光芒。

一次次的磨砺，会磨去覆盖在农具身上的锈斑、钝气。那是结着痂的壳，隐藏着镰刀、锄头的锋刃。

需揭了这道痂，流上点汗与血，白刃的光芒才可再现。

柔软的泥土与草梗，便是一剂创可贴。敷上，再擦去时，刀的刃便亮了。

别把自己，当一把舍不得费力的镰刀，梦一般地挂起。

写于 2019 年 11 月 26 日

酿下一坛酒

昨晚，受文友邀请，分享我的新闻作品集《春天的脚步深深浅浅》的采写心得。

美的鲜花，美的红酒，美的书卷，美的读书人，共同组成了一个美的夜晚。

听西班牙的品酒大师介绍红酒文化，品不同年份与口感的红酒，人有些微醺。翻阅那本10年打磨的新闻作品集，突然感觉，其实自己也是一个酿酒师。

从一粒坚硬的粮食到一滴温蕴透亮的白酒，往往需要经历5年以上的时间。

这不仅仅是时间的留存，更是脱胎换骨的磨砺。入曲发酵，入窖生香，蒸馏取酒。粮食一步步走完这些步骤，所出之酒，再随时间沉淀，磨去新酒的燥辣、苦涩与棱角，逐渐酿成一杯醇和老酒。

从一颗晶莹透亮的葡萄到一滴温婉优雅的红酒，需要的年份也不短。

采摘、去梗、发酵、醇化、酿藏，一颗葡萄往往需要两三年时间才能成为醇香的红酒。如果存放10年、20年，红酒便更富有丰富的口感。空气中弥漫过的香草芬芳，存酒的橡木桶里藏着的皮革味道，还有那曾留存在一粒粒葡萄里的记忆，比如微风的软，比如暖阳的柔，比如蜜蜂飞过葡萄藤扇动翅膀那声极其细小的歌吟，都在时光的酝酿里，一一释放出酒之外的韵味来。

手中那本书卷，又何曾不是经历采摘、发酵、醇化的酿造过程而成呢？一次次采访，一次次素材整理，一次次构思打磨，一次次推翻重来。所呈现出来的一篇文章，如同所呈现出来的一滴醇酿，需经过一道道工序的酿造而成。少了哪一道都不行。

真正酿酒的人，从来就不是希望人们从酒里品出他劳作的苦涩与辛劳，而是希望品出的是酒的香与醇。

懂酒的人，也无须酿酒人多说什么，抿一小口，他就懂了。懂酒的年份，懂酒的环境，也懂酿酒人的心。

一杯酒，在对的时间，遇见对的人，才算真正完成了酒的使命。

当然，这是可遇却不强求之的幸运。

酿酒之人，需得沉下心来，酿下一坛酒。

写于2019年11月28日

且容我慢慢来

时间，是最好的调味剂，它让食物蕴含着的色与香，充分地释放出来。

阳台上，母亲晒着一些鲜黄豆。时光的针，将一丝丝金色阳光，缝进黄豆里。从一个个我们看不见的针孔里，水分慢慢流失，乳香渐渐溢出。

母亲将晒干的黄豆存放在陶制的坛子里。时光，在密封的坛子里，与食物一起酝酿。

待坛子揭开，舀上几勺，放在热锅里，加上青椒、蒜瓣，满屋奇香。

厨房里，父亲酿着一罐糯米酒。将几枚酒曲捏碎、均匀地洒在煮熟的糯米上，盖上玻璃罩，放在温暖处。余下的事情，便是等待时光唤醒酒曲里睡着的醉，等待酒曲激活米粒中藏着的甜。

我总是太急切地想知道食物的改变。

“不急，等些日子，香味自然来。”晒

豆子的母亲、酿糯米酒的父亲，总是这样对我说。

是呀，不急，且容它们慢慢来。

也且容我，如一粒粒豆子、一颗颗米粒，在时光里慢慢改变。

写于 2019 年 12 月 4 日

坚持下去

周末，和母亲前往市文化馆观看新年音乐会。

见时间还早，我们便上 2 楼欣赏杨新明先生的画展。

看着一幅幅水墨丹青，母亲很有感触地说：“你爸爸年轻时，也画得很好。如果他一直坚持下去的话，说不定也是一个画家了。”

当年在农村时，父亲就是小有名气的画家了，不少家户请他画画。那时，老人的寿照也是画出来的，父亲还曾给一些老人画过不少。

母亲看上了父亲的才气，抵住不少压力嫁给了他。

有一次，父亲画了一幅竹子。母亲觉得没有画好，但又说不出到底有何问题。父亲便到竹园里弄来一截还挂着竹叶的竹子，放在灯下，仔细地对照，重新画了一幅。

对比两幅画，父亲终于明白了母亲没有表达出来的意思。原来，光照在竹子上，圆形的竹竿对于光影的明暗、冷暖的感知是不同的。父亲先前画的竹，没有捕捉好光影，竹子便显得呆板，竹叶便有些生硬。

我们居住在兰江公园时，2 楼便住着一个画家。那时，画家有些年纪了，60 多岁，也许更年长。他很少出门，总是待在家里作画。房间的墙壁上挂满了画。

我们住在 3 楼，父亲闲时常下楼讨教。

那些年，父亲的画技增长不少。

他曾画过几尾鱼，画作没有干透，他将画纸放在地板上。家里养的猫，不知何时发现了鱼，信以为真，竟然用爪子去抓。

但是，父亲终还是放弃画笔，选择了经商。

记忆中，父亲最近所画的一幅画，都快 20 年了。

那时，我大学毕业，在报社上班。父亲给我送的礼物便是一幅画。画的是喜鹊报春图。我将那幅画贴在租住的小屋里。

多年之后，父亲谈起当年的选择，满是遗憾，并感慨自己怀才不遇。

有一句话，我一直不曾对父亲说，但是我相信，父亲其实自己懂。

如果选择坚持，任何一个人都不会真正怀才不遇，终会被懂才的人所“遇”。只不过，等待“遇”，时间有长有短而已。

从父亲的遗憾里，从母亲的惋惜里，我读懂了一个词——坚持。

写于 2020 年 1 月 10 日

从春天出发

无须提醒与催促，春如期而至。

暖阳、春色、柔风、百花，这是春所带来的美丽元素。它把这些挂在岁月的枝头，装扮属于春的日子。

年年都是如此，这是春与时光不变的约定。

我们对这相似的春总有着无限的憧憬。因为寒冷后的那份温暖更让人欢喜，因为沉寂后的那份勃发更让人珍惜。

河边的垂柳，远远望去，依然枯瘦，仔细去看，便会发现极浅的嫩绿已经探出细小的芽尖。

桥边的桃枝，已经蓄满了花苞，等待一场盛大花事的降临。

春光里的我们，是生命绽放的花蕾，等待着四季轮回里的第一场锦绣花事。

来吧，将积蓄了整个冬季的力量唤醒，卸下抵御寒风冷雨的铠甲，从春天里出发！

热情、朝气、希望、勇敢，便是我们拥有的行囊。

写于 2020 年 2 月 4 日

岁月夺不走的美

每日早晚，母亲都会坚持健身，风雨无阻。从健身操到太极拳，每次锻炼便是一个小时。

天气晴好时，母亲便在小区的院子里，放着轻音乐，跟随着节奏出拳、伸腰。下雨了，客厅便成了她的临时健身场地。

多年来，母亲都这样。

在日复一日的坚持中，母亲比同龄人显得更富有朝气。

有段时间没有见到娟了。在朋友圈里，看见她晒出演奏古筝的照片。拨弄琴弦的她，长发披肩，裙衫飘飘，一股娴雅之气。

我留言给她："一个人的美好里，有着别人看不见的自律与坚持。学筝几年的你，你与筝皆美好。"

兵兵，是我见过的最爱阅读的女子。

她的案头，时常放着一炷香、一盏茶、一卷书。她的言辞，以及她笔下的文字，皆如茶熨帖，暖暖的，慢慢就流到了心里去。

一个女子的美好，会有多种状态，有娴静之韵的美，有书卷生香的美，有古典清雅的美……

这些美，其实都是女子自己修来的。在日复一日的自律与坚持里，有着岁月夺不走的美。

写于 2020 年 2 月 6 日

再出发

记得有一次与水运宪老师聊天，我说自己十分勤奋。他认真地说："你自己都夸自己勤奋，那应该是真的很勤奋。"我们都忍不住笑了起来。

从2018年春季第一次走进石门皂市镇中心学校义务送教小分队，到2020年春季，《大山里的小黑板》正式出版，这两年时间里，所流淌的勤奋汗水，别人看不见，我自己心里清楚。一点一滴，它们都流进了文字里。

写作的人，才会真正懂得一字一滴汗的道理。

农民耕作农田，一滴粮食一滴汗。

我们写作者，也是农人，在文字的田畴里默默耕耘。

农民撒下一颗籽，可以长出一株苗，收获一束稻。而我们文字的农人，则是广撒薄收，需要从众多的素材中精选、取舍。一本 20 万字的报告文学，我们所掌握的素材往往会超过 200 万字。

有人曾问：“你怎么会有时间阅读与写作？”

我不想说：“时间是海绵，挤挤总会有的。”这是大家都知道的道理。

我只想说的是，我们的时间到底都去哪里了？

什么在切割着我们的时间？什么在蚕食着我们的精力？什么在吞噬着我们的生命？

一定有什么，是不少人其实已知晓却一直不愿直面的答案。

多少人忙得如陀螺，不停地旋转。他认为自己已经走了很远一段距离，一直不愿意承认他其实还在原地。

不懂我的人，也许还会嘲笑我，或是指责我。我不去解释，也不用必须等他明白。因为，我需要节省时间与精力——再出发！

写于 2020 年 2 月 27 日

茶花的决然

红色的茶花，一大朵一大朵，完完整整地萎落于地，落得让人心痛。

这该是一种怎样倔强的花，不愿以它凋零的样子视人。

要开，就开得轰轰烈烈，开它一个满枝红颤。要落，就落得果断决然，毫不纠缠。

绿色的草地上，落满整朵整朵的茶花。花瓣不零散，毫无枯萎之态，触摸如绸缎般柔滑。

我轻轻拾起一朵，硕大的花，填满我的整个掌心。细细看去，花瓣片片都舒展开来，没有哪一片蜷缩着；黄色的花蕊异常新鲜，丝丝完整，被花瓣呵护着托在掌心。凑近细听花语，也听不出哀婉之音。

我不太明白，开得正绚烂的茶花，为何突然就这样轰轰烈烈地落了？

有人将茶花叫“断头花”，我更愿意

称呼它为“君子花”，或者“壮士花”。它的凋谢，有壮士断腕般的壮烈，有着不恋过往的洒脱，也有盛极而落的超然。

世界上的花，所肩负的使命并不一样。

有的花开，是为了让自己能结果；有的花落，是为了让其他的花能盛开。

也许，一朵花，它最直接的使命，就是盛开，开它一个绝世惊艳。它的落，是另外一种形式的盛开，会在我们的心田里开出怜惜之花、疼爱之花。

女人如花，花亦似女人，有着花瓣的娇嫩与柔美，亦有着壮士般的勇敢与决然。

写于 2020 年 3 月 4 日

躬耕大地

又到植树节。今年，我该在大地上种下什么呢？

一个一个的字，一篇一篇的文，也许便是我种在大地上的树苗。

看见它们，我便知道，曾去过哪里，曾见过什么样的人，曾听过怎样的故事，曾走了多远的路，曾躬耕过怎样的地。

它们亦是我留在大地上的路标，指引着我心灵的前方。

除了周而复始的工作，除了零散琐碎的生活，我们还真的需要找一个地方，安顿好自我。

所需的这一方土壤，无须太大的面积，容得下一纸一笔、一桌一椅而已。

对这方土壤的收成，也不能奢望太高，更多的时候，它也许只不过是能静一人之心、能果一人之腹而已。

如若哪天，播下的一颗种子，长出一

点绿荫，能让路过的人遮一下风、避一场雨，那便是这棵树的幸运了。

对于这等幸运，植树育苗的花匠，撒种耕耘的农人，不能总心心念之，依然需埋头在地里干下去，配管好那方土，栽种好每株苗。

如此而已。

写于 2020 年 3 月 12 日

还想像个孩子那样

对季节的感知，我想像个孩子那样，依靠大自然写在大地上的那本日历。

这本日历没有直接告诉我，哪天是春分，何时又是夏至，但是我会从天地间的表情看出来。

比如，油菜花开了，春天便到了。油菜花结荚收割了，春天也就结束了。一镰刀一镰刀收割的，除了成熟的油菜籽，还有与油菜籽一起生长的春天的日子。

接下来的事情，就交给随后到来的夏天，以及更迟一些到来的秋天与冬天。

千百年来就是这样安排的。我却想像个孩子那样去好奇，是谁给它们确定这样四季轮回的安排？谁是那一只看不见的手，一页页翻阅着天地间那本日历，告诉稻子何时该抽穗，告诉油菜何时应结籽？

还有，那些蚂蚁，那些蝴蝶，那些天地间除人之外的万物，又是如何感知这世界的冷暖指令？

蚂蚁会不会从洞里探出细小的触角，伸进风里、雨里，就像我们伸出手指探试一杯水的温度？

蝴蝶会不会停留于某一处，以翅膀来探视风向气候？就像我们升起觇标？

风，又是如何知道，何时该吹开花蕊，何时该吹落雪片？

蓑羽鹤年复一年排着有序的雁阵，飞翔于喜马拉雅的雪峰之上，小小的它们又靠什么导航？

江豚长距离迁徙，山高水长，它们又是如何找回曾经的路？

它们都以什么为令，又是谁来替它们传递指令？

风信子？那举着红色、白色、紫色花束的它，难道就是风的信使？

一个经历了那么多岁月的人，似乎不该具有那么多无关紧要的问题。

是啊，这都是些无关紧要的事情。

我们是等待岁月镰刀收割的行走的稻穗。岁月，一刀一刀收割着我们旁枝侧叶的幻想，收割着冒着芽尖儿的好奇。年复一年，我们便成了大人的样子，如同相似的稻茬，硬邦邦、光秃秃地站在那里。

也许，会有一些稻子，躲过那一镰刀的收割，被留在田里，任它就那么一直长着，叶片上缀着一些幻想，穗子里结着一些好奇，还像个孩子的样子。

写于 2020 年 3 月 21 日

活成自己的一束光

夜晚，给兵兵送刚出版的报告文学《大山里的小黑板》。原本想着简单说几句就离开，她邀我进门，并烧水泡茶。

一壶加了蒲公英的老白茶将我留下了。

一小盏一小盏细品着，茶熨帖，暖暖的，如这三月带给我的感动。

我喜欢将简单的生活过得有滋有味的女子。她们，明明知道生活的不易依然相信美好，明明拼了很大的力气才活成现在的样子，依然有着清澈的眸子与澄澈的心灵，看不见眼里的烟火气。

这样的女子，不抱怨，不埋怨，不强求，不勉强，心不大，却很丰盈。

我想，我正是朝着这个方向在生长着。

生活是镜子，你哭她哭；你笑她笑。我所想看见的，一定是镜子内外都微笑的自己。

无须让他人看见你藏在眼底的泪，无

须向他人诉说你面临的苦。

懂的人，能从你精致的妆容下看见你的累；不懂的人，你再一脸疲惫也无法触动他的弦。

所以，对懂的人，无须说；对不懂的人，不必说。

一个从小县城走出来的女孩，读初中时，连“长大后想当一名记者或者作家”这样的梦想都不敢对人说，怕被人视为“自不量力”。

别怪他人不相信，在那时，就连她自己也不相信。

平凡如一粒尘埃的她，不敢奢望尘埃也会有光芒。

没有光束可以照亮尘埃。除非，它并不是一粒尘埃，而是裹着尘埃的光芒。她所需要做的，便是从尘埃中挣脱，使劲让自己真正活成一束光。

这个过程，便是一段漫长的成长过程。

没有人看见，这个小女孩，是如何使劲擦拭包裹着她的“尘埃”，如劈开铠甲，如撕裂血痂。

每一次疼痛，每一次擦干眼泪，每一次鼓励自己不言放弃，每一次更接近自己喜爱的样子。

这个小女孩，循着一束光，埋头赶着路。一个个日子，成为脚下的一块块台阶，她拾级而上。

她想与岁月一起成长，不想把自己扔在过去。那是一个连梦想都不敢大声说出来的过去。

她依然是平凡的，但是她不再怯懦，不再迷茫，不再裹着厚厚的尘埃。

她已然成为自己的一束光，只因心中有梦，眼里便有光！

写于 2020 年 3 月 26 日

你我，相似，不同

农人的眸子里，装着一方土壤的一年四季，便似乎再也装不下别的什么了。

他看麦地，看稻田，看大地生长着的万物，看万物收割后空荡的大地，眸子里，带着光，带着情。这种情感，藏不住的。

他走了很远的路，也没有走出自家田埂的那一亩三分地；他走了一辈子的时光，也走不出一方土壤春耕与秋收的轮回。

他一遍遍地走过田埂，将那方地都踩瓷实了；他一次次地揉捏泥土，将那方泥都捏熟络了。

他一年年地看着大地里的那些种与收，尽管都是相似的风景，今年的泥土和去年的差不多，明年的稻子和今年的也没太大区别。每一次与泥土的遇见，便如与老友的相聚，有着聊不完的话。

这些话，如稻子结着的穗，熟透了，再一粒粒落在大地里，来年又生发出一串串的稻穗来。

那都是一些相似的稻穗，那都是一些相似的话题。

你，我，都是耕耘着一方土地的农人，在相似的大地上，种下相似的稻子；在相似的人生答卷上，写下相似的答题。

我们的答题，无非是悲欢离合生老病死。

只不过，相似的稻穗，依然会有不同的味道。就像相似的光阴之树，结着的是不同的光阴故事。

你我，相似，不同。

写于 2020 年 4 月 8 日

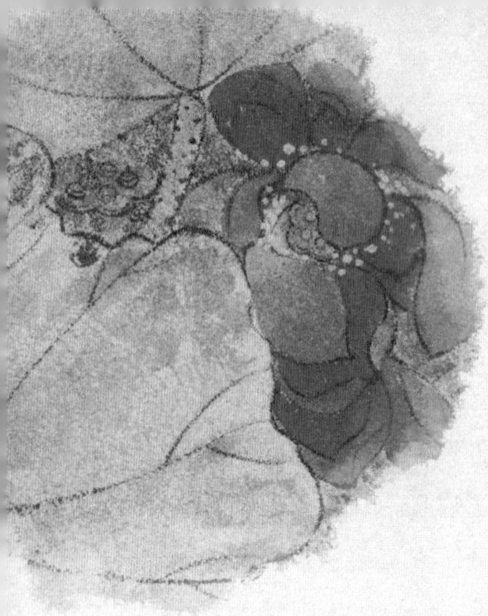

别浪费了好好一块地

别浪费了自己，就像别浪费了一块本可以长出好庄稼的土地。

没有哪一块地，是长不出收成来的。除非，你已经决定不耕种，或者不去好好耕种，让这块地一直荒废下去。

就像荒废一个谜语。你已经不再关注谜底到底是什么，那谜面的存在，对你而言，已经没有多大的意义。

有时，我们本意并不想去荒废它，只是对于耕种什么，总是拿不定主意。坐在田埂，审视着身边的这方土地，总是寻思着。时间一长，人老了，土地也老了。人的力气，与土地一起就这样被抛荒了。

有时，我们决计是要好好耕耘它的，只是我们的心太急，没有足够的时间等待它们成熟，便将根崛起，换上新的种子。如此折腾，土地总是长不出好的庄稼来。

一块地获得收成的时间，会有些长，

有时需要耗费我们一辈子的光阴。

哪会有多少人舍得将那么长的时间，投资在一块土地上呢？

是啊，这个世界上，总有着一些终日悠闲无所事事的人，也总有着一些看似忙碌却无所收获的人。

同样都是过尽一生，留在天地间的那方土地，却有着太大的不同。

选定好了适合那方土地的种子，就好好地播种下去吧。时间长了，不问收获，自有收获。

写于 2020 年 4 月 18 日

你若盛开

窗外，有几株樟树。它们太沉默寡言了，只知道埋头生长。许多年的许多天里，我一次次地开窗、关窗，都是见过它们的，只是不曾留意它们。

今年的春天，不知是何时，有几只鸟将家搬了过来，住在其中的一株树上。我与这些树之间保持了数年的沉默，被一声声的鸟鸣打破了。

清晨，附近学校的起床铃声还没有来得及响起，鸟鸣声就提前敲我的窗。梦的海，便在那声声欢鸣中退了潮。

每天，它们都起得很早，但不是每次都会睡得很早。有几天的深夜，我还没有入梦，便听见窗外的鸟儿弄出一串音符，挂在夜的枝头。寂静的夜里，那歌声显得是那么明媚、那么亮丽。

它们的声音，其实与我在别处听过的其他鸟鸣声并没有太大的区别，只是那声音离我更近，像极了耳边的窃窃私语，像是专为说给我、说给那几棵树听的。

我便时常倚窗而立，或是坐于窗前，看窗外的树，听树里的歌。

鸟的鸣唱，仿佛是一根无形的绳子，将我的眼神从远处牵了回来，落在身旁的几株樟树上。

那绿，仿佛浓得化不开，一片片、一层层、一丛丛，绿叠加着绿，层层叠叠，将鸟呵护在绿帐里。

到了夜晚，近处的灯光照在叶片上，叶片变得异常透明，向我展示着树的那颗心。那颗心，引得鸟向它倾诉衷肠。

树，似乎不再是原来的那几棵树。

其实，树还是树，它们依旧是它们。在每一个有我无我关注的白天与夜里，它们都是那样的。

所不同的，只是外界的目光而已。

无论有无关注的目光，无论有无熨帖于心的鸟的歌唱，树的成长，还是得靠自己。

埋头生长，蓄积力量，哪天枝繁叶茂，叶片散发清香，鸟便来了。

写于 2020 年 4 月 30 日

一套小巧的茶具，让我爱上了品茶。

那是一套青瓷茶具，透亮如玉，杯壁与壶面上均印有鱼戏莲叶间的图案。

壶有如环的两耳，伸出食指与中指环抱两耳，圆乎乎的壶便握在掌心。我的手小，壶也小，一切都刚刚好。

茶盏也很小，所能盛的茶汤，刚好够我一饮而尽。小小的一口，不多不少，也是恰到好处。

人与人能于人海中相遇，有一种奇妙的缘在安排。

人与物的相遇，又何尝不是如此呢？

茶室里，摆满各式茶具，白瓷的、青瓷的、黑瓷的。

见到那套小巧的青瓷茶具，我一眼便认定了它。我的心，似乎也和那套茶具一样，很小，装不下太多，一个就足够了。

多年前，跟着一位老师学茶艺，那时，与茶的缘分还是极浅极浅，误以为所谓的茶道、茶艺、茶韵只不过是诸多烦琐的形式展示而已。

那时，所接触的，也总是一些形式上的浮华。饮茶之人需盘坐于蒲团，身旁需有人焚香、抚琴、插花、煮茶。

形式多了，茶反而成了配角。

那时，我也很年轻，爱极了外表美丽的物与事。笔下所流出的文字，也是这样的，如长满水藻的湖，见不到湖水本身的颜色。

具体是到了何时，我所接触的茶，开始回归茶本身？还是说，茶其实一直都是它自己，是我拨开烦琐的形式有缘见着了茶的本真。

是时间与阅历，给了我这种领悟的能力。

一切开始回归简单。一茶壶，一茶盏，一茶心。

所喜欢的文字，所喜欢的人，所喜欢的事，也有了极大的改变。那些烦琐的美丽，也是极好的，只是我不再爱了。

一切透亮如茶汤，沁心如茶香，温润如捧于掌心的小巧青瓷茶具，便是极好的。

写于 2020 年 5 月 17 日

心灵的栅栏

面对议论或是非议，不在意那是假的。只不过，坚韧的人，面对外面的狂风暴雨，内心逐渐学会了过滤，慢慢做到柔风细雨。

这种能力，是时间与阅历教会的，急不来。

我还在修炼中，也许将是一生的修炼。

有人说，阅人无数，便逐渐懂得。懂得人情世故，懂得立身处世。

我在这个世界，已经走过了这么多的日子，也算是阅人无数，但是却不知为何，我还是读不懂很多。

读再复杂的文章，我逐渐能清晰地辨别其中的明线与暗线，能从字里行间挖出藏在深处的暗示。可是读人，就让我为难了。

读文章时，朋友说，我的眼睛里时常

闪烁着一束光，一种孩子才会有的天真的光。这束光，我自己是看不见的，但是我隐隐感觉自己应该是懂的。与文字相处时，我的心很安宁，我的呼吸很放松。我想，那束光，便是没有防备的光、单纯的光。

人与文字是不一样的。人远远复杂于文字。

我读人时，也是如读书那般放松，不设防，后来发现，这种方法不能总是行得通。我曾有过教训的。其实，古人早就告诉过我，“言者无心，听者有意”。只是，我总是记不住。

也罢，也罢，那就少说点吧。不能为了说话，我就在心里放置栅栏，说一些言不由衷的话。可以不说，但不可说出之言违背了内心的真。

好吧，我也只能是对自己有如此要求。他人的话，也只能随了他们去。

只不过，听那些言语时，需得学会过滤，不因外面的风风雨雨搅乱了自己的心。

如是这般，便会安好。

写于 2020 年 5 月 28 日

稻田里的油菜

这块土地是方沃土，可是，不是适合我的土壤。在那里，我长不出他人所期待的样子。

或者说，我与在那方土壤里生长着的庄稼本就有着很大的不同。

当我真正悟出这个道理时，我似乎已经很难再去寻找新的土地了。因为，我已经在那方土地扎了10年根，根已经探得有些深了。我使不了那么大的劲，可以将根毫发无损地一把拔起。

我曾调整过，想长得像我周围的那些庄稼一样，或者尽量去接近他们的样子，可是，没过多久，我便感到一种疼痛，那是从心灵深处发出的极其细微却又集中爆发的疼痛。如一根极细且长的针一头刺了进去，针拔出来后，表面上看不见伤痕，疼却留在别人看不见的心里。

我该如何生长？该如何适应脚下的那方根基？

一株植物，有它所适应的土壤。同样的种子，土壤不同，生长的状态也将不同，“橘生于南则为橘，橘生于北则为枳。”

又有多少人会在意，橘到底会长成橘还是枳呢？

我曾在心里一次次勾勒希望长成的模样，曾在他人的议论中又一次次地调整，用手中的橡皮擦去许多，又会用笔添加不少。

加与减之间，我慢慢失去了自己。

他们说，该平衡好工作与爱好之间的关系。我便很少参加朗诵活动了。

他们说，微信朋友圈里别总发文学作品，不能让别人觉得你花了太多时间写作，没啥时间工作。我便不每天发布文章了。

他们说，面对别人的邀请，先考虑一下再说，别急着拒绝。我便不敢轻易说“不”了，只得将自己套在一些烦琐的事务中，被一根绳索牵着走。

他们说，你写身边的善德故事，好是好，只是那些任务并不是单位让你做的，你便会惹来一些非议。我便不敢……

我知道，他们是对的，他们希望我成为该有的样子，成为那块土壤里该结出的果实的样子。

只是，我迷惑了。我是该让这棵树自己去成长，按照它喜欢的方式、擅长的方式，还是该约束它生命本真的性情，按照某种框架去生长？

成长的过程中，到底是该让更多的人悦纳你，还是学会悦纳自己，悦纳自己的不足与本真？

在那块土地里，生长着一行行的稻子。一株油菜花，却在那块稻田里，开着不起眼却有些扎眼的——梦想之花。

写于2020年7月5日

树与铁丝

柳岸人家的院落，绿树成荫。15 年前栽种的那片记者林，已经郁郁葱葱。

树上曾挂着我们的名字牌，随着树一年年长大，名字牌也跟着蹿到老高。有的名字牌，铁丝缠得紧了一些，几年过后，铁丝便会勒进树干中，于是，便有人将这些名字牌取走了。

我在林子里寻找属于我的那棵玉兰树。名字牌已经不见了，我还是一眼就认出了那株玉兰。靠近小径的第 1 排第 4 棵。

这棵记者树，并没有因为我不再是“新闻记者”便停止了生长。

犹如我的思维方式、做事风格、情怀操守，并没有因为我不再是一名记者，便与我分道扬镳。这些年，一枚“记者印”，已经深深烙进心里。就像曾经固定记者牌的那根铁丝，勒进了树干，与树成为一体。

一根无形的铁丝，依然还紧紧地将我与“记者”联系在一起。

很多人说，我似乎不太适合行政工作，更适合新闻战线。在行政单位的“不太适合”，很可能就意味着不被认可、不被重视。这种感觉，有时也会勒得我生疼。

树慢慢长大了，也许会逐渐变得柔软与宽容，与铁丝融为一体，接纳这纤细而又紧绷的约束。也许会蓄积能量，逐渐变得强大与坚硬，哪一天崩断那根铁丝，挣脱约束。

我是哪一种呢？

有时，我会分不清，铁丝与树的关系到底是什么。是相融？是对抗？

就像有时，我会迷惑，我到底该一直悦纳这枚烙刻于心的“记者印”，还是该挣脱这些约束，重塑一个新我。

我将继续去寻找答案。

人生的答题，往往又总是没有标准答案。

写于 2020 年 7 月 11 日

别迷失自己

笔，突然钝了下来。秃秃的，流不出流畅的文字。

原来，文字，是需要时常去亲近的。笔总是搁置着，慢慢地，文思也便如笔尖上的墨汁，凝滞了，干枯了。

我原是勤奋的，在夜里守候在文字的麦地里，一边静静地等着晚自习归来的孩子，一边任思维的飞幡拂过麦地吹落逐渐成熟的麦子，将它们一一拾起。

那种收获，是极少的，却也是极其有趣的。我如一个拾麦的孩子，收得几颗金黄金黄的，便十分知足。时间慢慢长了，那些麦子也便积累得多了起来。

这种简单的幸福驱使着我，在许多个夜幕中，漫步在文字的田埂。

习惯的打破，又是什么时候呢？

该是受着那一场接一场的风的影响吧。

在风里，我听着不同的声音。不同的声音从不同的方向吹来，时而大时而小。

那些文字，也被风吹远了。

伸出手去，抓住的，依然是风。

我有些迷失方向，麦地在我的身旁旋转，风在我的耳畔追赶。我闭了眼，停在原地。

我得随着心，去寻找方向。

心，藏在深处，它听不见风声，听见的是它自己的声音。

很多时候，我们听见的，不是心的声音，而是外界各种各样的风的声音。

我把风关在门外，听见心在说——别迷失自己。

写于 2020 年 7 月 17 日

总有一个秋天属于一方稻田

秋天，稻田开始收割。

这是一个丰收的季节。但是，并不是所有的田土都能等来收获。

一茬茬的稻子倒下，那些高举过谷粒的稻秆完成了使命，被一捆捆地绑紧。一个夏季的好太阳也一并捆在里面。

秸秆，染着太阳的颜色，一捆捆的堆积起来，高高的，如一个圆形的谷仓，安安稳稳地站在空旷的稻田或者农户的谷场。

看着收割后的田野，看着满仓的稻子，农人的心也是安稳的。

不安的是我们。一辈又一辈年轻的我们，期待着另外一场收获。

那年高考后，几个同学约着去乡村。收割后的稻田，随处可见码放整齐的草垛。这里一垛，那里一垛，似乎在乡村的每个角落都在诉说着收获。

我们沿着田埂，高一脚低一脚地走着，在一个个草垛间穿行。仿佛今生脚下的路，便都将是如此高低不平。

收割的田野，泥土里都洋溢着丰收的甜香。金黄的秸秆，经脉里都散发着太阳的暖热。那是大自然收获后的颜色与气息。

我们期待中的另外一场收获，却没有及时到来。

农人清楚，并不是所有的种子埋进土里都能结出一束束的稻穗。育秧时，农人会在一方泥土里撒下更多的种粒，确保这兜会有秧苗探出头来。

我们也是农人，期待每一滴汗水流下去，土里的种子都能知道，都能勃发出向上的力量。只是，我们的秧田里，却似乎只种着一兜，这兜发不了芽，一耽搁，就是一季的收成。

走在收割后的田野，我们静静地嗅着满田埂丰收的芬芳，累了便靠着草垛席地而坐。

扯几根稻草梗，放嘴里嚼着。满嘴的苦涩。

嚼着嚼着，那藏着的一整个夏季的热，突然在唇齿、在心间慢慢散开。一股暖，一股热，犹如电流，重新将那方心田激活。

翻耕稻田，种下希望。总有一个秋天，会属于一方稻田。

写于 2020 年 8 月 12 日

别拒绝一朵花的盛开

想起多年前，学校给我一个机会，去县文化宫学习写作。父母却没有答应。

那时的我，似乎早就明白会是这样的答案。因为，在那个年代，学习成绩才是最重要的。

我沉默地接受了这样的安排，却也默默地为梦想而耕耘。在无数个夜里，我以课本为遮掩，写下长长短短的歌吟。那些文字，栽种在梦想的花园，如夜来香，悄悄为我盛开。

父母并不知道曾有过这样的夜晚。

推门，我留给他们的，时常是那个翻着课本、认真复习的身影。

多年后，身影，还是那个身影，课本下，是一本日记。日记里，写着父母走不进去的文字。只是，这个身影，换成了我的孩子。

他说："想学音乐，想写词，想作曲，想演唱自己的作品。"我没有想到，我也和当年我的父母那样，做出了一个同样的决定。

我有些惊讶，是不是我们成了大人，就变得不太懂孩子了？

大人们总是有太多的理由，觉得孩子适合什么不适合什么。大人们不仅仅限于此，还会用一根无形的绳子，牵着孩子。于是，爱，便成了一种羁绊。

孩子和当年的我一样，悄悄地写着。他的文字并没有上锁，我却感到被锁到了外面。

开锁的钥匙，其实就在我的手里。

那把钥匙，便是尊重。

是呀，每一朵坚韧盛开的花，都应该得到尊重。

无论，它将会开出怎样的花，我得给它机会，不能简单地拒绝它的盛开。

写于 2020 年 8 月 22 日

你的盛开

有一些事情，没有人要求你去做，你却做得无怨无悔，哪怕受到误解与非议。

你所做的，其实与名利都没有关系，有的人还是会拿着名利的尺子来衡量你。

他们读不懂你，就像读不懂一本具有一定内涵的书。

书，不能为了让他们读懂，便降低自己。

于是，你还是会选择坚持，哪怕很苦很难，但是你的心里，依然会开出幸福的花。

花的香，藏得再深，都是藏不住的。慢慢的，缕缕芬芳会无声地流淌。

这芬芳，总有一天，更多的人会闻到。

这一天的到来，也许还需要很长的时间。

没有关系，因为你知道，你并不是为了赢得他人赞赏而盛开。

写于 2020 年 9 月 3 日

开花的树

一株是绽放的花，一株是思考的树。

你会选择什么？

它们就好比是容颜与思想。不是我不愿意选择美丽的容颜，只是她太易逝，留不住。与她相处的每一天，她都在折损，我们却无能为力。

思想就不一样了，她越是经过时光的沉淀，越是醇厚而隽永。

年轻时的我们，都是一株株绽放的花，花期的长短没有太大的区别。

人生大的分水岭，是从“花依旧是花”与“花变成树”开始的。

花依旧是花，其实花已不再是花，因为她终将失去短暂的花期。

花变成树，树站立于天地之间，吐故纳新，终有一天，她会绽放出满树的繁花！

写于 2020 年 9 月 4 日

眼睛

人的私欲，如杂草，割一茬，又会生一茬。根不除，便会生生不息。

不管你是否承认，每个人的心中，其实都有这样一方菜园，名、利，就是那不断冒头的杂草。

所不同的是，有人任其生发、猛长，心灵的菜园便慢慢装不下别的了；有的人则会控制其领域，使其适可而止；还有很少一部分人，会将杂草的根连根崛起，不给它留生存的土壤。

王新法，应该就是这为数不多的人中的一员。

第一次见到王新法，是在4年前，罗坪乡的端午诗会上。他赶了过来，与我们同桌。那时，他给我留下印象最深的，便是那双清澈的眸子，如大山里不曾污染过的溪流之水。那时，我十分惊讶，60岁的人，历经了那么多沧桑与苦难，却有那么一双眼睛，他的心，该是多么纯真透亮啊。

第二次见到王新法，是在“感动常德人物”故事宣讲会期间。那段时间，我们接触很多。他是宣讲员，讲述自己的故事。我也是宣讲员，讲述百岁党员王琪胤的故事。宣讲结束后，在文化馆门外的寒风中，他拉着我讲了很久的话，说我的讲述让他流泪了，并约我一定要去六塔山看看，希望我哪天能讲讲那里的红军故事。夜里，他的那双清澈的眸子闪着光，给我不一样的温暖与激励。

第三次见到王新法，他留在了六塔山，与68名英勇跳崖的红军烈士一起，长眠在那里。他的那双清澈的眼睛，一直在前方指引着我，让我一步步走近他。

搬他曾经搬过的石头，感受到了扛在肩头沉甸甸的责任，体会到了王新法肩头常年脱皮的痛。

跳进他曾经进行地形测绘的河沟，感受到了早春大山深处依然刺骨的寒冷，体会到了王新法骨子里的那股坚韧。

采访他曾经帮扶过的老人，握着他们的手，感受到了从他们的指尖传递过来的另外一双手的温度……

2018年的清明，几个朋友约着，采一束菊花，再次来到六塔山。

他走后的这4年间，我又一次次走进他的故事。采访湖南最高峰的微型消防站，那里的好几名志愿消防员，便是受王新法的影响而改变的普通村民。采访退役军人李万军，他的故事中，有一个十分重要的篇章便是他采写王新法，撰写《因为信仰》……

没有人吩咐王新法去扶贫，他走上扶贫之路，是顺着自己信仰的指引。

没有人吩咐我去采写这些普通的人，我也是顺着自己信仰的指引，走上书写凡人善举的笔耕之路。

谁又在指引着我的信仰呢？谁又是黑夜里给我温暖的那束光呢？

那束光里，一定是有着他那双清澈的眼睛。

那双眼睛，清澈而又有一种无形的力量，默默地清除着我心里的杂草。

写于2020年10月31日

舍去虚名

果实，是大树的荣誉。荣誉越多，树所承受的压力越大。

树需有一定的承载能力，要不然，肩负不起那么多的荣誉。

院子里，有几株柚子树，杆粗枝壮，硕果累累。正是收获的季节，我发现其中一株，清晨见它时，地上总落着几个柚子。

它们从高高的枝间摔落，有的砸得裂开皮，有的果肉蹦出。

真是可惜了，这么大的果实。我为之惋惜时，细心去看，才发现那些果实在未落下摔伤之前便已不完美，有的留有鸟虫啄坏的小孔；有的布满病变的麻点；有的外表看似无异，实则果肉干枯，根本无法入口。

那些问题之果，不正如那些名不副实的荣誉吗？

柚子树尚知取舍，舍去虚名，舍去承载不起的浮华，人，更亦如此。

写于 2020 年 11 月 5 日

我不许

花了10年时间，似乎只是证明了一道题——这条路走不太通。

认识到这点，似乎有些迟，就像一个人登山，好不容易登到半山腰才恍然大悟。站在那里，上也艰难，下也困难，山风呼啦啦地一阵阵吹刮，意气风发的后来者一个个攀爬而过。冷与热，就那么鲜明地并生着。我还得试着掩藏起寒的感觉，微笑着与之道贺、告别。转头，无言的泪水落满心间。

也曾是无所畏惧的，也曾是踌躇满志的，也曾是拼命奔跑的，可如今，我怯怯地收回奔忙的脚，不知下一步该落于何处。

这是否便是人到中年的尴尬?

如果许我教鞭，我定是热爱讲堂的；如果许我纸笔，我必是潜心习作的；如果许我话筒，我亦是用心发声的。

或者，如果许我平庸，不去追求那高处的风景；如果许我寂静，不去奢求那盛开的优雅，我便任时光将我打造，都随了它。只是，只是啊，我不能许这样一个我。

写于 2020 年 11 月 20 日

珠贝

是不是就这样被搁置了，就像一只贝壳被搁置在沙滩。尽管它孕育着圆润的珍珠，却没有人在意它。

它静静地躺在那里，看着热闹的人群散开，就像潮水退去。

那些比它小很多的珠贝被人捡走了。小小的珍珠们，将会被制作成珍珠项链，或者是珍珠头饰，或者是磨成珍珠粉。

无论被打磨成什么，它们都将从暗无天光的贝壳里离开，拥有华丽的舞台，生命的光泽将得到尽情地舒展。

这将是凤凰涅槃般的欢喜啊。

作为一枚珠贝，熬了那么久，忍受了那么多的苦，流了那么多的眼泪，不就是希望有一天，贝壳如花绽开时，它的心啊，将是一颗晶莹透亮的珍珠心，人们会惊讶于它的静美与光泽！

只是啊，只是——没有人在意它。

被遗忘的苦痛，比内心层层包裹沙砾的苦痛，似乎还要苦。

沙滩静静的，潮声退了，人声退了，仿佛转瞬便是几个世纪一般，留下旷古的寂静与冷落。

难道就这样甘愿被遗忘?

它听见自己的心，正发出“嘣嘣嘣”紧张跳动的声音，一声声一声声，仿佛说的都是一个字——不!

也许，没有人会相信，它会孕育一颗圆润透亮的精美珍珠，但是，它必须自己坚信，并且需要执着于此，日日磨，夜夜磨，包裹起所有的苦与痛，默默孕育。

只有如此，当那一天到来，所有的质疑，都将在珍珠呈现的光芒里，如潮的水，一一退去。

写于 2020 年 11 月 23 日

坚强，是受伤结出的茧

人，并非生而坚强，而是在一次次受伤后，逐渐变得坚强。

如手中磨出的厚茧，一次次流血一次次结痂，伤口便慢慢出现不易磨破的茧。茧，既是伤痕，又是保护层。

如夯实的土层，一锤锤敲打，一层层夯实，松软的个性一点点变得瓷实。硬硬的，如石一般。

时光给予我的，除了经历，便是坚强。

年轻时，怕疼，稍遇伤害与不公，便会流泪，便会把痛写在脸上。痛，藏不住。外人见了我的表情，便知我的心也伤了。

人到中年，心结着茧子，遇见再大的悲与喜，都渐能泰然处之。就像石子落入深潭，无声无息间，大痛与大喜已经被化解了。

别说我不痛，只是，痛了，不说而已。

写于 2020 年 12 月 4 日

我跑得很慢，但我一直在前进

前几天，参加马拉松，随着人流奔跑，我的速度很慢，跑一程走一程。

好几次，我都想着找到路旁护栏的出口，离开这奔跑的队伍。一次次，我都看见这样的出口了，但是我还是没有停下脚步，继续向前。

一个我与另外一个我抗争着。直到我看见路旁的一句标语，才真正下定决心，无论速度多慢，我都要坚持抵达终点。

那句标语是“我跑得很慢，但我一直在前进”。

这句话，如老中医手中的那根长长的银针，一下子就灸到了我的穴位，又准又狠。

人生，不就像一场马拉松赛跑吗？在这场长跑中，我似乎一直都是一个跑得比较慢的人。

出生时，我就比别人慢。怀胎十月分娩，我却足足在母亲的腹中多待了一个多月，怯生生的不敢涉足这纷繁复杂的人世间。

上小学，做算术题时，我比别人慢。那些数字，在我的眼里，仿佛来自另外一个星球，那么陌生，那么遥远。

上中学，学习立体几何时，我比别人慢。那些长长短短的虚线与实线，那些隐隐约约的三垂线，我不得不花费更多的时间去辨认与理解。

考大学，我比别人慢。数学一直在拖我的后腿，我不得不花费更多的时间，等它赶上来。

……

在人生的好几个路口，我都比别人慢。

慢一点，那又有什么关系呢？人与人的速度，本就不一样。“我跑得很慢，但我一直在前进”，终有一日能抵达。

就像晚熟的稻子，以着它自己的节奏，返青、拔节、抽穗、灌浆，蓄积生长的能量，它终能成熟，完成一株稻的使命。

写于 2020 年 12 月 15 日

人，如生于天地间的『绿萝』

换了一个新地方，将一盆伴随我 300 多个日子的绿萝带了过去。

新的一隅，其实也有一盆绿萝，只是叶子干枯了，枯黄枯黄的挂在枝间，轻轻一碰，叶子便在手里碎了。还未变黄的绿叶，一片片失去了生命的韧劲，耷拉着头。

我端起花钵，轻轻地，似乎连土壤都已经失去了生命的重量。

轻如草芥，也许就是这样的重量吧。

显然，这是一个被遗忘了的生命。

会忙成什么样子，我们才会去忽视这与之共生的人与物呢？又有多少生命与美好，如这绿萝，曾被人摆在显眼的地方，然后，被遗忘？

也许，我们都曾有过这样的生命时刻，也曾如这绿萝，被搁置，被忘记。

室内盆中的绿萝依赖于人的供给，失

去了必需的水、养分，它们便枯萎、陨落，无力挣脱。

人，是生于天地间的“绿萝”，可以取其雨露而润之，取其阳光而暖之，取其风霜而砺之，无论遗忘与否，自己都可蓄积生长的能量，在角落里，焕发着生命的新绿。

写于 2020 年 12 月 22 日

岁月是把美工刀

岁月是刀，但不是杀猪刀，而是美工刀，一点点雕琢出一个更加美好的自己。

其实，每个人都是一块璞玉，都需要雕琢。

是按照自己喜欢的样子？还是按照他人规范的样子？没有标准答案，取决于自己的选择。

这些年，我心里其实一直都有答案，只是不去说而已。

雕琢自己，并不是否定过去的自己，而是在改变的同时，悦纳自己。

这种雕琢，便是欢喜的。每动一刀下去，都会遇见一个更好的自己。

这种雕琢的前提，其实是悦纳自己。悦纳不足，悦纳遗憾。

每个人手里，都握着岁月这把美工刀。心境不同，刀法不一，结果各异。

这把美工刀，会给我们刻下皱纹，更

会给我们写下阅历。丰富的阅历，会化为一种领悟能力。就像一双眼睛，阅读了太多的文字，再去接触新的文字时，便会更多一份通透与懂得。

这份领悟，是年轻人无法及时弥补得了的。因为需要时间。

时间，不会快一点，也不会慢一点，它以着一定的节奏不急不缓地行进着。

手中的美工刀，却不一样，它没有固定的运行节奏。可慢，可快，可停。

于是，人的改变，也便有了区别。

写于 2020 年 12 月 28 日

种『稻』

到了年底，该盘点一年的收获了。就像农人，将成熟的稻子堆满谷仓，看见它们，便知道一年的时光哪里去了。

读书写字的人，也是农人，在文字的稻田里一茬茬地种，一刀刀地收，每个环节都马虎不得，每个环节都会影响最后的收成。

我似乎并不是一个负责的农人，因为我种稻、收割都过于随性，只是撒了一把种子下去，何时浇水、何时施肥、何时除草，都不定时，想起来了，便带把锄头去稻田里薅几把草、松几下土。

更多的时候，我便如一个孩童，嘴里嚼着一根青草根，或是望着天上的流云遐想，或是随着微风奔跑，或是坐在田埂做着稻子们并不知道的梦。

同一方天空下，有不同的田埂，他的，你的，我的。不少人不仅仅关注着自己的那方一亩三分地，还会关注着他人稻田的长势，并以此来调整自己田埂的生长环境。

有了比较，便有了烦恼。

有了烦恼，种稻的乐趣便少了。

写于 2021 年 1 月 4 日

寻梦

她选择了离职，离开了工作10多年的单位。

打电话问她，是不是碰见了什么不开心的事情。她笑了笑，平静地说："没有什么。早几年就有这个想法了。这份工作，怎么说呢？它很好，只是我倦了，不爱了，想换种生活方式。"

知道她一切安好，并不是一时冲动而做出选择，我安心了。放下电话，却又好久回不过神来。

窗外，一栋接着一栋的房子，在我的眼前延伸。远方，更远的远方，依然是不断出现的楼房。

看得见的远方，似乎便对我们少了吸引力。就像一份职业，很轻易便看得清、触得到它的天花板，那么，它在我们的眼里，便不再是风景。

只是，我们还有多少勇气与信心可以

这样对自己说：“它很好，只是我倦了，不爱了，想换种生活方式？”

更多的时候，更多的你我，在一种倦怠中沉沦着。

我们的心，有时会被很多外在的东西羁绊。那些世俗的评判标尺，还有那些生活中的负重与牵挂，如同绿藻，纠缠在船桨上。船，行也行不了，退也退不动，原地徒然地打着转。

船上的人，是跃入水中将绿藻一一清理，还是干脆弃船而去？

有时，我们思考的时间似乎太长了。时而想清除羁绊，时而又想另寻出路，想的时间一长，船老了，驾船的人也跟着老了。

老了，连梦都老了。干干的，枯枯的，如一枚来不及采摘便老去的果，结在岁月的枝头，如同标本。

富有勇气的她，选择了弃船。尽管我不清楚，她下一步会登上哪艘船，但是我知道，她是寻着梦想的指引，遵循着心灵的方向，去一个地方采摘她所希望遇见的梦想果实。

写于 2021 年 1 月 17 日

采「茶」人

冒雨走过湿滑、高悬崖壁间的吊桥，只为亲身体验“电骡子”共产党员服务队员们的艰辛。

背负沉重的镜头，攀登雨后还有些泥泞的茶山，为的是实地看看种茶人、采茶人的工作状态。

清早五点一刻起床，只为赶上“定制公交”的首发车，采访到学生们乘车上学的镜头……

新闻工作，便是如此，不到现场，不亲身体验，难以写出带有温度的作品。

跟随着新华社的记者一行，攀山越岭，早起晚归，我也把自己“搁”进青山间，“搁”进晨雾里，触摸新闻的温度，感知新闻的生动。

她们建议我联系好采访点就行，不用过去，免得我跟着吃苦。

她们哪里知道，新闻对于我而言，总

是有着无穷的魅力。即使是我曾采访过的人与事，再回头去看，依然会让我感到新鲜。

这股新鲜，不是刚生出的嫩芽的新鲜，而是嫩芽成熟、炒为茶叶、热水冲泡出的那股新鲜。这股新鲜里，透着岁月的味道，散着光阴的故事，每一口都有别样的回味。

这满怀的回味里，最让我感到欣慰与自豪的，便是看见我所曾报道过的人与事，依然在成长，如万物的生发，如鲜叶的萌芽，如我们曾期待遇见的样子。

这份美好，这份改变，不到现场，我是采摘不到的。

在这片新闻的土地里，我将无数的光阴植入其间，那些光阴萌生的故事，如繁叶挂在枝头。每一片，都泛着光泽。

我似乎也成了一名采茶人，将这些鲜叶采摘，杀青，揉捻，每一片叶子里藏着的故事，便一点点被唤醒。

写于 2021 年 4 月 18 日

牵挂

你说，我听。

你不说，我不打听。

每个人，都有只能说给自己听的话，都有只能自己感知到的痛。

别人，都是局外人。

给我们发报纸信件的阿珍姐，有段时间没有见到她了。前几天遇见，发觉她瘦了很多。

“以前，想瘦，总是瘦不下去。前段时间，家里出了状况，人瞬间就瘦了。”她笑着说。

能将她瞬间打垮，那一定是一场不小的状况。究竟是什么？她没有说，我没有问。

我若追问，便是将那场状况再次拉了回来，她好不容易修复的心，会再次疼痛。

窗外，一株映山红开得火红，红得似

乎都要燃烧起来。

我望着她笑了笑，说：“看，窗外的春光多美。请相信，一切都会好起来。”

是呀，冬天既然已经过去，就好好感受春光吧，不去回想已经过去的寒。

我时常在一个姐姐那里买美食。好久，不见她在网络平台里更新。

原来，她病了，还一直病着。

好几次，我打开她的微信图像，想问问她，却有些不敢。我怕，问候，也是一种打扰。

她的头像，还是那张在向日葵里微笑的照片。

笑成向日葵一样的女子，其实，她的内心有着很深的伤，爱人与孩子均在一场车祸中离开。这次，苦难，却又要在结痂的伤口再刺上一刀。

走进她的朋友圈，只读到第一句话，我就忍不住哭了。

“忐忑地躺在手术台上等着穿刺……”

那会是怎样的一种等待？

没有人能真正懂。除了她自己。

也许，任他人有多少关爱，有多少牵挂，都无法成为我们的向日葵。

自己，才是自己的向日葵。

写于 2021 年 4 月 23 日

树

窗外的高楼，如一棵大树，突然就那么高高地矗立在眼前，着实吓了我一跳。

这钢筋水泥浇筑而成的树，长得太快了。扎根，生长，来不及细细地拔节，就猛地蹿得老高。

好像就在前不久，我才听见窗外的打桩声。一声一声，向地的更深处砸下去。然后，就是来来往往运输混凝土的车，一趟接着一趟，催促着这钢筋水泥的大树快速生长。

一棵接着一棵，一片连着一片，城市变成了高楼林立的森林。

人，是栖息在这钢筋森林里的另外一种树。

有的树，长得太快，根基却还不稳，长着长着，突然一头栽了下来。

有的树，长得不快，却总想更快一些，于是越来越高地踮着脚尖，长着长着，根却一点点离开了土壤。

有的树，看似长得很慢，却是铆足了劲将根深深地扎了进去，哪天，便会有足够的能量往上，高高地、稳稳地站立。

我是一株树，没有钢筋水泥，有的是草木之心，以着柔韧的根系，一点一点地扎下去。

别急，我一直在生长。

写于 2021 年 7 月 20 日

寻找美

颜值，气质，风骨，这是美的三个阶段。

初到中年时，我也曾惧于面对年纪。细纹、白发、色斑……这都是岁月的痕迹，它们一天天地慢慢朝我涌来。

要来的，挡不住，那就索性悦纳它们吧，不忧不惧，不藏不掖。

悦纳岁月留痕，就是与自己和解。

胭脂红粉装扮，琴棋书画滋养，精神风骨锤炼，让不同阶段的自己，都能找到美的表达方式。

写于 2022 年 3 月 12 日

长成欢喜的模样

一个多月前，安乡的育秧大棚，育秧托盘里，盛放着一粒粒稻谷。一粒谷，将育成一根苗，将长成一兜禾。央视记者在那里进行了春耕备耕直播，介绍了这三个“一”的播种技术。

一个多月后，我再回访，育秧托盘里，郁郁葱葱，青翠挺拔的秧苗根根向上，长势喜人。

当初接受采访的他，也有了变化。说起育秧经，他侃侃而谈，自信如大棚里所育的秧苗一样，挺拔向上。

其实，我们每个人，又何尝不是一粒谷子呢，长在各自的庄稼地里。

每块庄稼地，土壤不同，光照不一，于是，我们生长出来的模样便逐渐有了区别。

给予这块庄稼地爱的关注与科学的配管，这粒谷子，便会在某一天育成一根苗，长成一兜禾，结出满穗籽。

写于 2022 年 3 月 19 日

打开春天的方式

今天是春分，二十四节气中的第四个节气，农耕的重要时节。

油菜地，早熟的菜花已经开始结籽；育秧间，生发的秧苗已经绿成片；田埂里，一陇陇的稻田已经翻耕。

一切都铆足了劲，在萌生，在成长。

每个生命，似乎都找到了打开春天的方式。

花，开出欢喜的模样；树，长成年轻的状态；人，也如苏醒的大地，干劲如笋拔节。

眼前的这座城市，脚下的这片大地，既是一年四季中全新的开始，又是整个生命状态里往日的再现。

高山街的白色樱花，依然和去年的春天那样，开得热热闹闹。一朵朵花，都好似一个个风铃，在春风中唱着，笑着。

十美堂的金黄油菜花，还是去年的样子，开得满枝满枝。那一根根茁壮的油菜梗，犹如墨笔，吸足了大地深处彩色的墨水，将天与地都涂抹成一片金黄。金黄的阳光，金黄的菜花，金黄的天空，金黄的大地。

还有七里桥的梅花，粉色的，白色的，灿烂依旧如几年前我遇见她时那样缤纷。

最美的遇见，不仅仅是初相识的欢喜，还有一次次再相遇的珍惜与懂得。

我，还是过去的我，一卷书，一支笔，一颗求真崇善的心。

我懂得珍惜一年年如期而至的春天，也懂得一年年在生长的我。

2022 年 3 月 20 日

人如稻田

一次次前往农村，一步步亲近土地，我对农田更加充满敬畏之情。

桃源仁丰村，几千亩连片稻田延绵天边。一块块大田，规整有序，一块块地都没有闲着。有的在翻耕，有的在育秧。

农田，如一张硕大的文稿纸，翻耕机一遍遍写着“回”字。育秧的塑料棚贴地而建，一陇一陇，犹如竹节。

当地村民告诉我，以前的仁丰村，并不是这番景象。农田曾被一道道田埂切割，高低不等，大小不一。田与田之间的落差，有的竟有 10 多米。有的田，旱不能灌，涝不能排。慢慢的，一块块农田被一家家撂荒了。

几年前，当地对农田进行改造，打破田埂之间的界限，将一垄垄小田变为一方方大田，并将高低不平的丘陵改为一马平川的平地。

田变大了，农户的格局也大了，不再守着一亩三分地自耕自收，而是将土地流转给大户，走产业发展的路子。

育秧、插秧、耕耘、收获，这些环节都能机械化，人们从繁重的春耕秋收的劳作中解放出来。

农田的耕种潜力被更好地挖掘出来，能带给人们更好的收成。

村支部书记将我们带到一个几米高的小坡上，那是他们特意保留下来的一点记忆。那个小坡，便是一小方老稻田。

站在老稻田里，看着脚下绵延天边、平整的水稻田，我感到心胸异常开阔。

人，亦是一方稻田，需破除那道道局限的田埂，冲破“小我”的界限，才能有大的格局。

写于 2022 年 3 月 26 日

后记

守 艺

手艺，是守艺人的行囊。

我们都是守艺人，以着各自的方式，坚守着一门手艺。

这本散文集采用了麻质画传承人李健鹰老师的手工作品。她以麻布为画布，以麻粉为丹青，居于临水边的抱桃亭，把乡愁，把故园，绘于画卷。

我是文学田畴里的一个农人，以笔为锄，以手为镰，用磨石磨去心灵结出的铁锈，用剪子剪去手心长出的肉茧，把故园，把乡愁，植于心田。

我们都是喜欢寻根的人，在哪里住久了，便生出根来。

我们却又都是没有了根的人，从不同的地方，来到穿紫河畔，扎下根去。

不如归去，杜鹃声声。

其实，我已归去——循着文字，在沧海桑田的坐标里，我找到了家的准确位置，哪怕那些砖瓦早已消失不见，哪怕那栋老宅早已连根拔起。

李健鹰也找到了家，我们都是离家的孩子，但是依然有老家可以归去。

背负着手艺，行走于他乡；我们又都在手艺里，找到了——故乡的根。